一個又一個的故事

梓人小說選 二集

梓人 著

黎漢傑
葉嘉詠 編

目錄

目錄

你來聽聽梓人講述的故事

葉嘉詠
香港中文大學中國語言及文學系講師

如果你從沒看過梓人的小說，這本《一個又一個故事：梓人小說選》便很適合作為入門了。

為什麼會這樣說呢？在這本小說選裏，你可以看到梓人對於文字的執着與執迷。這不只是數量上的多少，也不只是篇幅上的長短，更是主題與意象的融合。首先，小說人物大多從事文藝或教育工作，例如〈第一課〉的主角「我」和「我」的朋友謝都是老師，可是兩人的教育觀截然不同。前者的想法既有前瞻性：「我不願意幫那些學店的老闆賺錢，同時，那些學店的薪金也太低」，這不也是現時教育的寫照嗎？而且「我」的教學方法也很

「貼地」，以電影字幕等生活例子入手，向學生解說學習英文的重要。可是，謝老師是「討好型人格」，每事都盡量「討好」陳校長。如此不同的性格，令你不禁好奇：題為〈第一課〉，那麼「我」的「第二課」、「第三課」呢？作者故意不直接交代結局，但結局已在故事之中，相比直述式的解說，留有餘韻便更令人回味。

其次，小說中的「信」是很明顯的意象。你可以在〈表妹〉、〈女兒心事〉、〈凋殘〉等幾篇作品找到人物互相寫信、讀信的情節。這是當時常用的溝通方法，相比今時今日現代科技的便捷，不知哪一種更合你心意呢？如還未有定論，不如繼續看下去，你會發現更有趣的是，大部分小說都沒寫出信的內容。作者想保持神秘，還是信只是可有可無的道具？但〈一顆星和一個人〉則不同。這篇小說講述一位話劇演員美玲和作家梓人的故事，你沒看錯，是啊，小說的其中一位主角便是「梓人」。你不妨將之代入為本書的作者梓人，這樣應更能理解作者的內心想法，而且小說中還列出美玲給梓人的信：「梓人先生，你的譯稿，我讀了，現在，寄回給你。你譯得太好了，跟你所寫的一樣好。我夢想着，有一天，你寫一個劇本，由我來演。幕垂下，幕拉起，我們一起站在臺上，接受觀眾的喝彩與掌聲。光榮是屬於我們的。」你或會說：大膽、直率、自信、勇敢，這些正面積極的形容詞都可用來稱讚作者，而如果你以現代文學理論「後設小說」套用分析這篇小說，小說的虛構特質、遊戲意味、諷刺自我等，又不得不想到〈一顆星和一個人〉是針對上世紀五六十年代的社會現象，甚至是社會問題。最後的一句告誡：「都市的年青人，總是有一點虛榮心的。」你應當不會否認梓人確是一位出色的文學家，他不但喜愛文字，而且不囿限於文藝手法，更在小說中隱含人生意義和生活態度。

本書篇幅最長，又是最後登場的兩篇小說，在結構上是安排得宜的。正當你花了點時間理解梓人的寫作風格，便能進入他在敘事層次上苦心經營的書寫模式了。與書名相同的〈一個又一個故事〉，是梓人擅寫的愛情故事。黎先生娶了一位帶着女兒的寡婦，二人後來又有了一對兒女，一家五口原本過着平淡幸福的生活，但大女兒秋心與司機的情侶關係為黎先生所不容，黎先生執意要拆散他們，「我」便成了這對苦命鴛鴦的劊子手。這樣的情節或許會令人聯想到肥皂劇、通俗劇的內容，稍一不慎便會落入老套、肉麻、不合情埋等「被棄劇」的陷阱，幸好作者對於講故事的方法是下過苦功的。

全文的幾個小標題，譬如「一個家」、「一件事」、「一個晚上」等既呼應題目的「一」，又強調獨一而且唯一的意思，更有提綱挈領的作用，但你必定不會忽略那位出入不同敘事層次的「我」。「我」一開始是擔當旁觀的敘述者，不過，第一人稱的主觀視角很容易令讀者代入故事之中，加上這位「我」是秋心的「梓表哥」，不就更能聯想到作者嗎？若然因此便認為這是作者的人生寫照，那又太輕看這篇小說了。小說中有不少與「我」無關的對話，例如秋心與司機的調情、黎氏夫婦的閒聊等，這些內容都超出「我」的敘事範圍。所以，究竟「我」是旁觀者，還是一直參與故事的人物？究竟「我」為何能覆述別人的故事並講解得繪形繪聲？這個故事只是假裝真有其事，其實一切都只是令你誤會的幌子？

不論如何，「我」最終的決定可說是對世人的忠告：「我們講故事的人能夠講述多少？」「我」能夠自由「控制」其他角色，遊走於各個人物之間，權力如此巨大，有人可能會受不了誘惑而無法無天，但「我」在要緊關頭臨崖勒馬，這樣的自我克制能力又怎能說不是作者堅定的文人本色呢！

最後，你不會忘記梓人是一位香港作家，這本小說選之中怎會沒有以「香港」為背景或場景的小說？壓軸之作〈小丑樂師的情淚〉的一句「你不知道香港的夜景是世界著名的」，是否寫得極之明白呢？雖然這篇小說的重心不是要為你呈現一個五光十色的夜香港，但你會發現文中滿是「香港」的明示和暗示。除了地標如雀仔街、士丹利街、希爾頓酒店、半島酒店等，還有香港的眾多特色：中西內外交匯如各地人士來港，香港人又會到歐洲等西方國家；華洋種族共處如小丑樂隊的奧國人、非洲人、蘇格蘭人和中國人；多元文化交流如歌曲 Via Con Dios、廣東話「今日細佬初到貴境……」對的，這就是「香港」。

既然以上都只是鋪排的細節，〈小丑樂師的情淚〉的書寫核心是苦情故事：陳與薇因經濟、家庭、社會等原因分開，後來再次在香港重逢又分開的故事。小說內容當然要由你來細讀，不過以下這些說話：「你到底回來了。」「我在這裏愛過。」「那是過去了，你不該為此難過。」「你不很愉快？」「說不定。也許永不再來了。」你很有可能知道是陳說的，還是薇說的，即使文中沒有明確標示，又或作者有意混亂兩人的話語。如此沒有故作花巧、但又用情至深感動人心的說話，很難不令你合理懷疑這是作者的自況，至少是作者的化身吧，誰說男作者只能代入男角色呢！

說到這裏，《一個又一個故事：梓人小說選》的簡介便暫告一段落，接卜來便有待你細細品味每一篇小說了。不過，相信你已大致掌握梓人小說的角色設定、互相指涉的寫作形式、愛情主題與社會背景等，由此組織成一個想像豐富、富於哲理又深刻動情的文學世界。梓人對於文藝的投入程度，帶着幾近信仰的堅執，值得從頭開始閱讀一遍又一遍這些好看又耐看的故事。

太陽出來了！

（一）

陽光吻遍大地，蒙着遠山的霧散了，露出了一片新綠。這裏，那裏，有鳥兒的歌唱，是歡迎初升的旭日，也喚醒了沉睡的人。

打開窗，一角藍天在微笑，陽光流進來了。你佇立在窗前，嗅到了泥土的芬芳；想着：春天來了麼？

不錯，它來了。春天的風吹來，搖曳着樹枝；偶爾一片葉子會落下，使人聯想到秋天，那黃葉的季節。難道春天裏也有秋天嗎？

是的，讓我們忘記春天所有的微笑，留在黑暗的房裏，沒有人說話，空氣很靜，我開始告訴你們一個故事。

（二）

春天，是多雨的。微細的雨絲下着，打濕了這個城市的每條街道，打濕了洋房的屋頂。但是，我要說的故事並不是發生在這地方。想像我們跳上了一輛紅色的公共汽車，遠離每一所高大的洋房吧；車行駛着，到了終站，乘客都下車了。

雨還是下着，我們踏着泥濘的街道，走了一段不遠的路程，終於到了目的地。

這兒是貧民區，一所所低矮的木屋立在我們的眼前，其中有一所是特別熟識的，你從窗外看進去……

他，滿是皺紋的前額，頭上有數不盡的銀絲，曲着背，看來已經很衰老了；然而他的年紀並不算太老，是現實的生活把他摧殘老了。

屋子裏只有他一個人。他坐在書桌前的破椅上，兩手支着腮，凝望案頭的紙片。他拿起筆，想寫什麼；又放下筆，思索了一會，最後終於握起筆在紙上寫了一個「蓮」字。

「蓮！」他再次低喚着這個名字，想着；他變得年青了。

（三）

是誰沒有過青春，沒有過幸福，沒有過愛情？

現在，是一個美麗的月夜。月亮從雲層裏探出頭來張望；銀白色的光輝穿過葉縫，瀉到草地上，光的碎點在地上閃爍着。

他剛趁着窗外的月色讀完一首濟慈的詩篇，夢想着詩人筆下夜鶯曲的幽雅；於是他離開了自己的屋子。他多麼喜愛在月下散步，慢慢地踱着，踱着，不覺把居住的地方留在老遠老遠的身後了。

最後，他在一家熟識的洋房門前停了腳步。抬起頭，他看見那扇窗子裏透出來的燈光，告訴他裏面住有他思念的朋友。他走上門前的一排小石階，輕輕地敲門，站着，等待着。

門開了。

「華，你來了！」一個少女靜站在門邊，伸出她軟綿綿的小手。

「啊！蓮……」他握了她的手，和她一起走下石階。

月光照着山峰，照着海面，照着草地，照着教堂圓頂上的十字架，也停留在他們身上。

「今夜的月色美麗麼？」他凝望着她髮上的光痕，說。那光痕移動了，她抬起頭，他低下頭，於是第一次他們……

晚風吹動樹枝「沙沙」地發響，像在傾訴他們愛情的秘密。

(四)

是一個明媚的晴天，在初春，花開了，草長了，有鳥叫，有告訴世界這是歡樂的季節的陽光。

教堂圓頂上的十字架向着太陽發亮。他和她愉快地走出教堂的大門，帶着牧師和所有親友們的祝福。

她穿着白色禮服，白色的頭紗，手裏還拿着一束花。他低低地在她的耳邊說：「我們終於如願了！」

他能忘記那自己親手佈置的新居麼？那精美的小客廳；那整潔的臥室；他的書

桌；她的鋼琴。當他第一天進來時，他便對她說要永遠給她幸福的。

而他們就真的生活在幸福的懷抱中：朋友來看他們，客廳裏充滿了讚美的笑語；往往在一番熱鬧後散去，那時該是午夜了。屋子裏很靜，他們對坐着，沒有說一句話，目光代替了一切言語；窗外的月光流進來，使他們看到初戀時的幻影……

可是，人生的道路是決不會永遠平坦的，他們走到崎嶇的一段了。命運之神捉弄他們，戰爭的炮聲驚破了他們的美夢；戰火燃燒着，漸漸燃燒到他們生活的地方。

為了自由，為了人性的尊嚴，他們流浪到這個小島。在這裏，他們沒有親人，也沒有朋友；想找一份工作自然不是容易的事。看着往日的積蓄快完了，他們便從簡陋的洋房裏遷到木屋中來。

（五）

飢餓和寒冷緊迫着他們。

「我要走了。我要離開妳，離開這個世界。」

「我從前說過我將給你幸福；但是現在，我帶給妳的是什麼呢？」

「多少個無眠的長夜，我們都相對流淚，想着：明天又怎樣呢？往往在悲哀後，妳安慰我：妳說有生命的一天就有希望。」

「原諒我，蓮！我實在沒有勇氣活下去了！」

「我去了！妳仍舊年青，還可以期待理想的生話……」

他寫到這裏，突然聽見叩門聲。他放下筆，開了門。

進來的正是蓮！

「妳整天往哪兒去了？」

「華，我找到工作了，那是一家小學校的教師，薪金很低微，但我們看到一線光明了。」

她笑了，快樂得像一隻小鳥；但她立刻發現了桌上的紙片，她拿起來，讀到她丈夫的字跡。

「華，」她凝望着他深沉的臉，「你又是這樣了？」

他站着，沒有動，沒有回答。

「你看！」她指着窗外，「太陽出來了！振作起來吧！」

他注視着陽光照耀下的窗外，說：「是的，我有信心了！」

哥哥

哥哥回來了。

那是在一個夏末的黃昏，我們正在吃晚飯，三個人，父親、母親和我。沒有一個人說話，只聽見碗筷的聲音。我有時舉頭看父親，他的頭髮已經花白，為了金錢，他勞碌了半生，工作摧毀了他的健康；再看母親，玫瑰色的臉頰早已變得蒼白了，她生育了幾個孩子，但只能從疾病的魔掌中救回了我和哥哥。

「吃飯吧，呆着想什麼？」母親慈愛地說：「你近來清瘦了。」

「我懷念哥哥。」

風吹動林子裏的樹枝，發出沙沙的聲音，彷彿帶來了遠方的信息。

「不知是我錯還是他錯呢？」父親搖搖頭，用憂鬱的目光掉頭看殘陽的微光。「也許我年老了，我無法了解他。」

父親還沒有說完，新僱的看門僕人慌忙跑進來，說有一個陌生的訪客要見父親。

「請他進來！」

我們放下碗筷，驚奇的看着客廳的小門，一會，門開啟了。一個人站在門邊，沒有移動他的腳步，這算是陌生人嗎？我第一眼就認出他了。

「哥哥！」我叫，淚就流下來了。

像印度人的膚色，憔悴的臉容，沒有梳整的頭髮，穿着陳舊的衣服，這不再是以前的哥哥了。他帶着仍舊堅定的步伐，走到父親面前，發出和往日一樣有力量的聲音：

「父親，你原諒我麼？」

「坐下吧，告訴我你在外邊怎樣的生活。」

「你累了，還是先去睡覺好了，明天再和父親談好了。」母親拉着他的手，和他一起走上樓上的臥室。「你走後，房裏的一切都沒有移動，我把它關鎖着。每夜，我祈禱，你很快就會回來，親手打開自己的房門……。」

「母親，你太愛我了。」哥哥走進了臥室，母親為他關上門。

我也走進旁邊我自己的房間；我想睡，但躺在牀上無法合上眼睛，於是，在房中踱着。已經是夜了，今夜是一個清朗的晚上，有星，也有月亮，地面上有銀白的光輝。我俯身看窗下的花園，那兒蟲兒的鳴叫打破草地的靜寂。花園是我的童年的天國，看着，我又看到童年了。

「弟弟，來，到這邊來！」

我連忙跑過草地，到哥哥那裏。他正在一棵老樹下，站在一所用木塊搭成的小屋子前面。「是你自己做的麼？」

「是的。我打算在這裏消夏，白天，我躲在屋子裏，聽鳥兒歌唱，靜靜做夢；晚上，我一個人躺在木牀上，可以看到小窗外的星天，我覺得和一顆顆的小星更加接近了。」

「那麼，讓我和你同在一起！」我喜歡得笑了。「我們在屋後燒飯，然後，坐着講故事。」

「不，」哥哥說：「你還是回到母親那裏吧！我愛孤獨，這樣，我會思想。」

我失望了。一片較大雲片剛飄來，蓋住了太陽，世界變得昏暗，鳥兒的叫聲低沉了。

「你想什麼呢？」

哥哥沒有立刻回答，彷彿聽不見我的問話，垂下頭，用力把一塊腳邊的小石子踢到遠處。

「記得今天早上我們遇見的可憐小乞丐嗎？他坐在門前的石階上討飯。」哥哥說：「我只是想，我們同是人，都在同樣的太陽底下，為什麼我每天有飽飯吃，而他卻要挨餓？」

我真奇怪哥哥今天的樣子，說這樣的話；我看着他的嚴肅的臉，說話的嘴唇；風正在無情的亂撕他的頭髮。

「但父親說做乞丐的人從前是偷懶的人。」

他搖搖頭，沉默着，轉過了身，一個人慢慢的散步一直進林裏去了。我注視着他的背影，以為哥哥再不愛我了。

我呆站着。身後傳來保姆高叫我們的名字的聲音。

子夜的鐘聲在教堂的尖頂盤旋，告訴我是什麼時候了。我讓兒時的記憶飄過我的腦際；我抬起頭，月光輕吻我的前額。

我拉開抽屜，拿出哥哥的照片，掛回在牆上。自從哥哥走後，我把它除下，因為，我每次看到哥哥的臉，便引起太多的懷念，淚就會流了。

我凝視照片裏的哥哥，圓圓的臉，明亮的眼睛，堅決的嘴唇。這張照片是一年前拍攝的了，那時我們已經長大了，我是中學生了，哥哥也進了大學。

童年愉快的日子走了。我不明白為什麼哥哥對我的態度，漸漸冷淡下去；他很少和我談話，整天皺着眉，不知在思索什麼。很多時有朋友來看他，有男的，也有女的，他們聚在他的房子，朗聲地説話，常常，激烈的辯論發生了。我知道勝利的老是哥哥，他比他們懂得多；隔着牆，我也聽得很清楚。

晚上，哥哥總是吃了飯便出門，沒有像從前整夜在燈下讀書了。有時，深夜還沒有回來，甚至完全不回家睡覺。

「你瘦了，哥哥。」有一夜，他回來經過我的房門，我對他説。

「這算得什麼，你知道世界上有多少人比我瘦？」他冷冷的回答，説着，走進他的臥室，用力關上門，聲音很響。

父親對母親説，哥哥變了，而且，變得太可怕了，他不和父親説話，不和母親説話，一個人如果自己父母都不愛，能愛誰呢？

「不，」我每次都為哥哥辯護：「他有他的苦衷；他有一顆心。」

「這一代的年青人是這樣的。」父親說：「我真的不了解你們……。」

於是，那個難忘的雨夜來了。

雨整天的下着，天空像在流着永不終止的淚。晚上，雨下得更大了。雨水像一條條小溪流在玻璃窗上滑落，我把頭壓在玻璃上，外面是一個朦朧的世界，花園是一片靜寂，那隻兩歲大的小犬正在慌忙的跑回牠自己的屋子。

我想讀書，但文字總是不情願走進我的腦裏，我便滅了燈躺在牀上，我傾聽着窗外的雨聲。

最後，我聽到哥哥上樓梯的腳步聲，他大概是從外邊回來的。為什麼在這樣的雨夜他還到外邊去呢？我想着。一會，又聽見父親的足音，他站在哥哥的房門前，清脆的叩門聲響了。

我開始靜靜的偷聽他們談話。

「你究竟每夜到哪兒去？你看，今夜下這樣大的雨，你的衣服濕透了。」

哥哥沒有回答。

「你長大了，我該讓你照顧自己的，但你近來的態度變得太厲害了。」父親又說：「我們讀書的時候，只知道怎樣做尊敬老師的學生，孝順的兒子；努力讀書。而你，你打算做什麼？」

「父親，你不用說了，我實在不喜歡這所空闊的大屋子，我不願過安閒的生活，世界上有很多事情比終日躲在家裏更有意義。……」

他們接着談話的聲音變得很低沉，我無法聽到。

「我沒有這樣的兒子，你走好了！」父親最後發怒了。「立刻離開這裏！」

我聽見這話，連忙跳下牀，跑到母親的臥室把她喚醒，用最簡短的話告訴她一切。當我們走出廳子，哥哥已經在門邊穿好雨衣了。

「哥哥！」我跑上前去，拉着他的衣袖。「雨很大呢！」

「這樣的雨不算什麼。」他把我推開，昂着首，自己走入雨中。

「哥哥！」我叫，冷雨也打在我的臉上了。

惡夢把我磨折了整夜。醒來的時候，太陽升得很高了。我用手揉了揉眼睛，彷彿就抹去回憶中的暗影了，我感到生命又充滿光明。

今天是一個美麗的晴天，碧藍的空際白雲飄浮，我浴在窗外流進來的陽光裏。哥哥比我早起，我看見他一個人在園子裏散步。

「哥哥！」我熱烈地叫他。他抬起頭，發出回家後的第一個微笑。

我洗過臉，便走進花園，在小徑中，我遇見哥哥。

「你回來真使我們高興，我想你不再離去了，你知道，媽多擔心你。」我對他說，期待着他的點頭。

他掉頭看濃密的樹蔭，看樹下的草地，看路旁的野花，最後，目光停留在我的臉上，他搖頭。

「不，我在這裏只住幾天。」他說着，然後，轉過身子，走近噴水池，把雙手放在池邊，俯身凝視水中的游魚。

我隨着他，走到他的身旁，看着他在池中的倒影。

「你說你只住幾天，幾天不是太短嗎？」

「我要到別處去工作。」他回答：「你看，那些小魚是多麼自由。」

「是的，我也愛牠們。」

「有一天，全世界的人類都過着自由的生活。有一天，終有一天……。」他好像告訴自己；親切的把手放進池中，拍動着池水，激起一個個白色的小浪花，小魚們在哥哥的手中驚惶地跳躍了，有些還跳出水面，但又掉回池中去了。

在離別的前夜，父親在廳裏沉默的踱着，吸着煙；母親留在哥哥的房子，苦勸了他一夜。長夜在憂鬱的心情中流逝，接着的是沒有陽光的早晨，一片陰霾，象徵哥哥險惡的旅程。母親悲哀得不能行動，父親伴着她。我送哥哥出門，走到門前，他堅持要我回去；他獨自踏上旅途。

「弟弟，我走了，你回去吧！」他說：「我這次不會回來了。母親生了兩個兒子，我走後，你要懂得照顧她。」

他說完，一個人出了門。我讓大門開着，佇立在門前，凝望着他的背影，我回頭，我沒有回到我的房間，我一直去看母親去了。

巴巴拉・陳

巴巴拉這個名字，是她考進了那間教會學校後，開始用的。那是一間很著名的學校，修女教師對學生的管教很嚴厲：上課時，每個人只能留心聽講，沒有人敢和旁邊的同學談話；就算是說話的聲音很低。

有一次，當教師轉過身子，在黑板上寫字；她便偷偷地把嘴移到隔鄰同學的耳邊，問她放學後有沒有空陪她去看電影，那部影片今天是最後一天放映了。

「巴巴拉，你說什麼？」雷似的聲音，使她跳了起來。她抬起頭，看見前面站着一個中年女人，戴上深度近視眼鏡，鏡片後面有兩隻眼珠突出着。

但那是過去了。

晨早，她醒來，躺在牀上，回想着，微笑了。下學期她將升到畢業班；畢業班的同學，學校方面對待得較為客氣，她不會再受那些修女們的氣了，那多好！

她起來，穿上紅色的拖鞋，打了個呵欠，懶洋洋的走到洗手間去。她洗臉，看鏡子，自問：我美麗嗎？我不美麗，世界上還有誰美麗的呢？她用臉巾抹着玫瑰色的臉頰，臉頰就發亮了；她那晨星般光彩的眼睛就可以看到；然後，她梳弄着頭髮，髮很烏黑，很短，是為了去游泳而剪短的。

父親返工了，母親帶弟妹們往公園去了；她一個人吃早餐，是牛奶、牛油和麵包。

她精神煥發的走進廳子，坐在沙發上，翻開早報，今天有什麼好看的電影呢？不，沒有，那些完全看過了。她放下報紙，在廳子裏踱着。她想：我今天該做什麼？她可以在午後來一次午睡，或是往海邊去游泳；她愛海的。

思量了一會，最後，她慢慢地行近琴邊。在琴椅上坐定了，打開鋼琴，安放上琴譜；她就彈出了對今天和明日的希望。琴聲隨風飄出了窗外，有鳥兒在窗前歌唱。

「小姐，這是你的信。」說話的聲音，和腳步聲一起帶了進來。

巴巴拉停住了彈奏，合上手，轉眸一瞧，看見進來的是女傭阿美。

「阿美，你弄錯了，沒有人會寫信給我；你知道，樓下也是姓陳的。」

「不，我沒有弄錯。你看，這裏寫着你的名字。」

她就接了信。

信封是白色，寫着藍字；從字跡看來是出自男子的手筆，書法在秀美中帶些挺拔。

她拿着信，想：這是誰寫來的呢？她認識的男朋友不多，而且，他們全是生疏的，有些，連他們的名字也弄不清。那麼，又有誰會寄信給她的呢？

唔，她想到了，那一定是表哥！

表哥比她長兩歲。童年的時候，他們整天躲在花園裏嬉戲；長大後，兩個人就很少同在一起了，人的思想和行動都會隨着年齡的增長而轉變。當她看到表哥的時候，她老是想：一個體重不過一百磅、戴上深度近視眼鏡的人，除了讀書，還懂得什麼？

表哥真的很喜歡讀書，現在是大學生了。

去年的暑假，她為了數學不及格，每天要到表哥那裏去補習。厭煩極了！

「媽媽，」有一天，她向母親說，「我的數學已進步不少，明天不用去上課了。」

整個暑假，他就每天討厭的對着她。他說話的聲音很低，每個字都是口吃着說出來的。有時，可能連他自己也不知道在說什麼；她便作弄地要他講解很多次，直到他發怒。發怒的時候，用力搖着頭，幾乎搖落了那副近視眼鏡。於是她朗聲地笑了。

還有更可笑的：有時候，他們的手無意間在桌上碰着，他就會敏感地立刻縮回，臉紅着，不好意思的垂下頭，像個靦覥的姑娘。

「表妹，我……」聲音更低。

「什麼？」

「沒……沒什麼……」這樣，他更口吃了，掩飾地拿起書，讀着。

「表妹，你明天不來了麼？」

「不來了，我要去學琴。謝謝你，為我花去那麼多的時間。」

「那算得什麼？你以後很少來，我們通信好嗎？」

「不，表哥，我有空就來。你知道我的脾氣；懶得動筆。」

那麼，現在決不是他的信了。

信在桌上，沒有打開。

她用手支着頤，看着窗外的天空；遠山上有一朵白色的雲，在飄動。這時候，鄰家傳來了爵士音樂的旋律，那個電唱機老是開得很響，震耳欲聾。呀，是了！那也許是亨利的信，他會寫信來的。於是，亨利的影子又浮現在她眼前。

「Miss Chan，你知道我是情書聖手嗎？」

他穿着印上一個個女人的夏威夷恤，坐在沙發上，搖動着腿。

「我不知道。」看着他的衣服，她就想掉頭走了。

「Then it is a pity.」他笑了，使勁的搖動腿子。

「哥哥，」那時候，他的妹妹——巴巴拉同學走了進來，「你不要説英語好麼？」

「為什麼不？我講錯了嗎？」他有點不高興地問，「我講的是Queen's English！」

在他們兄妹還沒有吵嘴之前，她離去了。她走下石階，迎着風，玫瑰色的裙在飄動。

他是一個奇怪的人，她想。

她第二次遇見他，是在一個舞會中，那時，再不是穿夏威夷恤的炎夏，時間已經是暮秋了。

但是，幾個月的流光並沒有使他轉變。

「May I？」他站在她面前，微笑，張開唇，露出了牙齒；他的微笑是詭譎的。

跳舞的人很多，廳子太狹小了，所以，跳起舞來很容易彼此相碰。

「Waltz 有什麼好玩？你看，我們又碰着人了。」他轉頭向旁邊的人説：「Sorry.」

「這裏太熱，我們出去走走好嗎？」他又説：「Shall we?」

她沒有回答。默默地跟他出外了。

露臺的風很涼。那夜有霧，看不見天空的月亮，和一顆最亮的星。

「你今天還沒有說過一句話，為什麼？」

「我不喜歡說，就不說。」

「Now we are alone. Say something.」他走近她，「Kiss me.」他把唇移近她的臉；她立刻避開，打了他一個耳光，然後，跑着走回廳去。

從那夜開始，她再沒有參加一個舞會。她想，那些男孩子都是和亨利一樣荒唐的。雖然，他可以查問到她的地址，但他真的會寫信來嗎？那個荒唐的東西。

信仍舊在桌上。她要打開它了；像打開一個猜不着的謎。

她展開白色的紙頁，讀着藍色的字體，那顯然是出於陌生人的手筆。

「假如你的手指停住撫摩琴鍵，拿起這封信；安靜的坐下，忘記了夏日的陽光，忘記了會帶來清涼的風和雨；你只是讀着，你就知道我是誰了。」信是這樣開始的。她讀下去，一朵微笑在她的臉上開花了。讀完，她要再讀一遍；然後，用手把信壓在胸前，接近她的心了。

「阿美！」她高聲喊着，「你在裏面做什麼？快出來！」

「什麼事？」阿美連忙從廚房跑出來，沒有除下圍裙，「我忙着燒飯呢！」

「你知道這是誰的信？」她興奮得似乎有些失常，「你猜着了，我請你看電影。」

「是表少爺的嗎？」

「不是。」她搖頭。

「是那個給你打了一個耳光的嗎？」阿美也聽過那個故事。

「不是。」她再次搖頭。

「那麼，我不看你的電影了。我怎知道你所有的男朋友呢？」

「我沒有男朋友。阿美，也許……」她想着，說，「也許他是我唯一的男朋友吧！」

「他是誰？」

「一個年青人。我們在街上遇見過很多次；我喜歡他的微笑，他也喜歡我的，我想。我不曉得他怎樣找到我的名字和地址，就寫信來。他寫美麗的信，美麗到使人讀了，立刻便要回信。」

「他怎樣寫的？」

「他寫着，『……我舉頭看你窗前的小燈，燈亮着，你還沒有入睡。明晚我要來的，那時候，你應該在燈下回答我的信了。不，你不會回信給我的；那麼，我祈求你，把我的信投進爐灶，風就會為我吹回灰燼。想着，我痛苦的垂下頭；當我再次抬起頭，你的燈已經熄了。……』」

「風就會為我吹回灰燼……你的燈已經熄了。……」她重複着，看着窗外的陽光。

「大小姐，你瘋了麼？」阿美在旁邊，交叉着手。

「他是可以信賴的，你以為怎樣？」

「真奇怪！你一句話也沒有和他談過，就說他是可以信賴的？」

「是的，」她肯定的點頭，「我知道。」

「他叫什麼名字？」

「他姓錢。」

「姓錢！這個姓倒不錯。但是他寫得不好，我一點不懂。」阿美說，「我要燒飯去了。」

鄰家的爵士樂靜止了。陽光射了進來，今天是明亮的晴天。

慈善家

再看一次鏡子，就可以出去了。

陳大昌先生看一看自己胖白的臉，臉上的金邊眼鏡，結好蝴蝶式的領結，然後轉頭看着旁邊正在塗口紅的太太說：

「可以去了嗎？」

「我的手袋呢？」她開始在房子裏尋找，高底鞋發出響亮的聲音。

「你老是這樣的！」他有點不高興了，這是應該出去的時候。

她忘記了手袋是放在抽屜裏的，現在，找到了。

他們準備出去。

一個女傭慌忙地走了進來：

「表姑娘又來了。」

「告訴她，」陳先生想了一會，「我們剛從正門出去。」

「她這次從正門來。」女傭說。

「我們從後門出去吧。」陳太太對丈夫說。

「你真是善忘，你忘記了汽車是停在正門嗎？」陳先生用手撫摩着鬍子，「我接見她。」

門開了，一個穿陳舊的藍色旗袍的女人走進來。在廳裏的燈光下，可以看見一張憔悴的臉。

「表少爺，」她說，「好不容易才看到你，我來了三次了。」

「廢話不必說了，究竟什麼事？」他看手錶，「我們是要出去的。」

「我想，向你借一點錢。」

「借錢？文不是找到了工作麼？」

「他病了，病了一個多月；他不能返工，支不到薪金。」

「我也支不到薪金。近來，生意太壞了。」他搖搖頭，「你來得正不巧！」

「你是文的表哥，給他一點幫助吧！」女人要哭出來的樣子。

「那麼，這裏是十元，」他拿出一張鈔票，「拿去吧！」

「十元不夠，我是想向你借一百元的。」

「我自己還沒有一百元呢，你要得太多了。」

「那麼，幾十元也好，十元實在不濟事。」

陳先生憤怒地把三張十元鈔票拋在地上，立刻走出房門，陳太太跟隨着他。

女人俯下身子，伸出枯瘦的手，一張張地把鈔票拾起。她也走了。

沒有人為她開門，她自己開了門，自己關上；她一步步走下石階。

門前停了一部汽車，陳先生和陳太太坐在車子裏，他們沒有看她一眼，車就開了。

她站在路邊，望着汽車遠去，遠到看不見了。

她走自己的路，路很長。

她走着，拖着長長的身影。

到了！她停了步，影子沒有動。

她爬上黑暗的樓梯，沒有燈，她用手扶着扶手，慢慢爬上，到了三樓，她停下，拿出鎖匙，開了門。

走進屋子，走進屋子的第一個房間。

「你回來了！」牀上的病人，看見了她，「你一定又是沒有找到表哥。」

她想着說出來，她找到他了，他怎樣對她說話，怎樣把錢拋在地上。但是，她看了看病人，沒有說。

「表哥參加了一個慈善拍賣晚會。」病人說，「你聽，廣播電臺正在轉播那裏的情形。」

她就聽。

「一千元！誰出一千五百！二千！」

「二千！」立刻有人說。

「三千！」又有人說，這是女人的聲音。

「陳大昌夫人出三千，誰出四千！五千！」

「四千！」

「五千！」

「七千！」

靜了一會。

「一萬！」

再沒有人出更高的價錢了。

「賣給陳大昌先生。」

很多人拍掌。

她走過去關了無線電，房子裏立時沉寂。

「你為什麼關上無線電？」病人低沉的聲音，問：「我要聽！表哥不愧是個慈善家。」

「他是。」

「有錢人是應該做一點善事的。扭開無線電吧！」

落了三天雨

我和父親回到了家。

外邊仍舊下着雨。窗前是路燈，燈光下可以看見斜斜的雨絲飄着、灑着。我們看着雨，脫下雨衣。

「這樣的雨，恐怕明天也不會晴。」我掛起雨衣。

父親沒有說話。他今夜很少說話，更沒有笑。父親平日不是這樣的，他是一個心境年青的中年人，喜歡年青人的一切活動。我們常常一起去郊遊、去游泳、去打獵。

「疲倦嗎？」我看見他坐在沙發上，問。

他抬起頭望着我，搖搖頭。接着又垂下頭。

他在想什麼呢？要不就是為了剛才遇見的那中年女人和年青的女郎？

剛才我們在路邊等街車，她們走過。

「真是你麼？」父親發現了那女人。

她們停了步。

「你——你還記得我？」父親注視她，看着她臉上的表情。

女人睜大了眼，臉上掛着雨點。

「這就是小玲嗎？」父親看旁邊的女郎。

她害羞地垂下頭。

「她長大了。」

她倆不說話。情形很尷尬。這時候有一部空的街車駛來，我叫住了車。

我們四個人上了車。

「先生，往哪兒去？」司機問。

女人說出了地址，車就開了。

她們先下車，然後，我們下車。

「她們是誰？」我問父親。

「你管什麼？」他站起來，滅了燈，「去睡吧。」

我便去睡。

那一定是一個父親從前戀愛過的女人，我想。

兩歲的時候，我死了母親；今年我是二十二歲了。二十年來，父親和我相依為命，我也從不知他有沒有戀愛過女人，因為假若有的話，我應該早已有個後娘了。

他今夜的沉默，未免太奇怪了，難道一向樂觀的他，背後還有隱蓋着的悲哀，而這悲哀竟因為遇到這兩個女人被挑起？

我睡在牀上，想着，聽着窗外的雨聲。

第二天，真的仍舊下雨。

我站在窗前，看外邊的雨景，雨中的街道，一輛汽車駛過，濺起了污水；一個行人打着雨傘走過，一個行人穿着雨衣走過。

今天，也許不出去了。

「哈！」父親用力拍我的肩膊，他今早又恢復了談笑的，不像昨夜那麼沉默了。

「想什麼？」他高聲問我。

「沒有想什麼。」我回答。

「哈！不要否認。」他笑了，「一定是因為昨夜的女人，是嗎？不，不是，是她旁邊的那女郎。」

「我看不清楚她。」

「今天，你看清楚，走，我們去看她們。」説着要我立刻換衣服。

我們從屋子裏走出來。

雨不大，而且，她們住得也不遠。我們沒有叫街車，走了一段路，我認出她們的屋子了。昨夜，汽車在門前停下的。

父親按電鈴。我聽見裏面有琴聲。

有人開門，是一個女傭。

「請問，郭太太在家嗎？」

「她在，請進來。」

我們進去，琴聲停止了。廳子裏，一個少女坐在琴邊，抬起頭，看我們。

這次，我看清楚她了。

郭太太從房子裏走出來，招呼我們坐下。我看她，雖然已是中年，臉上還未全失掉過去的美麗。那少女，不用說，很美。

「小玲，繼續彈吧！」母親告訴女兒，「彈給兩位金先生聽。」

小玲臉紅了。

「郭先生呢？」父親問。

「他死了。」郭太太回答。提起了丈夫的死亡，她看來沒有半點悲哀，她一定不很愛他吧。

「我做夢也想不到在這裏遇見你。」父親說。

他們談下去。

我沒有聽他們談話，我凝望着小玲。她已經蓋好了琴，站起來走開了。我看着她走開，她要離開廳子，走到門邊。會不會轉頭看我？我想。

她真的轉頭，看見我在看她，她的臉更紅了。

父親見了這情形，不高興，連忙告辭。

「郭太太，我們今天還有很多地方要去。我們走吧。」

我們出來了。

「我不該帶你來的。」他說，「你以後不要再來。」

父親從來沒有阻止我結交女朋友的，不但不阻止，並且鼓勵我。

「我不許你再見小玲。」他更加重語氣說。

「那為什麼呢？」我問。

「不要問我為什麼。」我們走着，他走得很快，「你有很多女朋友儘可結交，只是小玲不可。」

可是，小玲跟別人不同。我回憶，她的紅臉，她坐在琴邊的姿態，怎樣彈，怎樣走路，怎樣轉頭，看我。

我想着她，我不能不再見她。

黃昏。雨已經停了。我打開窗，聽見鳥兒的歌唱，為了雨止而喜悅。

我脫去拖鞋，穿上皮鞋。

「跟我上俱樂部麼？」父親問。

「不，」我穿上襯衣。

「往哪兒去？」

「不到哪兒去，我只是出去散散步。」

父親覺得奇怪，我是很少一個人出去的，散步是從來沒有的。晚上，我習慣地跟隨着他一道去參加宴會。

我散着步。

街燈亮了，路仍是濕的，地面反映着燈光，很美麗。我奇怪為什麼以前不出來散步，這裏的空氣比屋頂下的好，風比冷氣涼快，我吸了一口。

我走盡了一條街，又走別一條。

忽然，我聽見了琴聲。

舉頭一看，呵，原來這是小玲的屋。小玲的門，小玲的窗，小玲的琴聲。

我走近窗，看見了窗下的小玲，她正在彈琴，手揚起，放下，指頭在鍵子上跳動。我的心也在跳動。

如果不是又下起雨來，她不知道有人在偷看她。

當雨落下，她抬頭，看雨，看見我了。她立刻垂下頭，很久才把頭舉高。我用手指了自己，然後，指向屋子，意思是説，我可以進來嗎？

她懂得我的意思，點了頭。

她開了門，讓我進去。

「昨夜，你去看過小玲。」第二天早上，父親一醒來，就對我説。

「你怎知道？」

「年青人的事情，是騙不過我的。」他含着煙斗，噴出了煙，「你們昨夜做了什麼？」

「沒有做什麼。郭太太不在家，小玲招待我，她起初害羞，後來，不害羞。」

「她不害羞又怎樣？」

「她跟我談話。」

「後來呢？」

「後來，我規矩地離開！」我發脾氣了，「你為什麼這樣問我？」

父親站起來，使勁噴盡口裏的煙。

「我是有理由這樣問你的。」他的臉變得嚴肅了，「小玲是我的親生女兒。」

「什麼？我真不明白。」我想，父親喜歡說笑，他在說笑吧。

「我不是在說笑，那是真的。」他說，「郭太太是我的舊情人，我太愛她了。我們本來想結婚，但是，我那時窮，她被迫嫁到郭家，出嫁的時候，她已經懷了小玲了。」

「我不相信，我比小玲年長。」我說。

「是的，你比她年長。我是在你媽死了的第二年，愛上她的。」他繼續說下去，「那個女人，她使我認識了金錢，金錢能使人得到一切，沒有金錢能使人失去一切。因此，我為了金錢，便跑到海外去發展。在這裏，我賺到了錢；在這裏，我又遇見了她。然而太遲了，金錢卻不能使人得回從前失去的那個。」

他說完，倒身在沙發上。

我站起來，走近窗，凝望窗外的雨。仍舊是前夜的雨，前夜我遇見了小玲；仍舊是昨夜的雨，昨夜我去看小玲；今天仍舊是這樣的雨，今天……

「忘記吧！別想那些無用的事了！」父親說，「今天，跟我去看跑馬麼？」

「我不去！」

「去啦！今天下雨，冷門一定多。」

表妹

火車走着，單調的音樂。

這種音樂對我是並不陌生的。我以前常常坐火車，聽這種音樂，在星期天。

「表哥！」耳邊響起銀鈴似的聲音。「你疲倦麼？」

「不，」我睜開眼睛，剛才她一定以為我入睡了。「我不疲倦，妳呢？」

她打了一個呵欠。

「那麼，妳是疲倦了。」

「今天走了太多路。」她轉過頭，看我。

「妳自己要走的，」我說：「女孩子買東西老這樣子。」

姨丈和表妹居住在郊外。每星期，她都出來。我在火車站接她，跟她一起玩一天。

「下星期，我們只看電影，飲冰，不許妳買東西。」我拉她的手，問道：「怎樣？」

她點點頭，閉上眼睛；風吹動她的短髮。

我也沒有說話，聽着車輪轉動的聲音。

火車走着。

窗外的景物，樹和山，房屋和田野，都向後面移動；我的心也向後面移動。

那彷彿是很遠的事情了。現在，我的周圍沒有一個人。

「你以後一個人乘火車，不覺得寂寞嗎？」我離去的那天，表妹問我。
「寂寞的時候，我可以閉目冥想。」
「你會想我吧？」她垂下了頭。
「我當然想妳，什麼時候都想妳。」我用手托起她的頭，看見她臉上有兩顆發亮的淚珠。
「你為什麼要走呢？」她不只問了一次了。
「我一定要去讀書。」我抹去她臉上的淚。
「你很快回來吧？」
「我要是能夠回來，就會立刻回來的。」
但是，他們是不知道，我今天回來的。我故意不讓他們知道，要給他們一個驚訝。當你沒有看見那個人很久了，突然，他回來，你會怎樣的歡迎他呢？
我這樣想，下車的時候，也是這樣想。
這地方跟從前一樣，沒有什麼改變。我走了一段路，在一個花園的鐵欄前面止了腳步，伸手去按電鈴。
穿過鐵欄，可以看到花園，噴水池沒有噴着水，草地上的草長得很長，沒有人修飾很久了；那邊有一棵老樹，在下午，表妹喜歡坐在樹蔭下看書，讀我在報上發表的文章。
「表哥，你來了。」她看見我，連忙跑出來。

「是的，我來了！」我注視她。「妳長高了。」

「你也長高了！」她微笑，打開了鐵欄，讓我進去。

不，鐵欄沒有打開，仍舊是關着，沒有人出來。

我再按電鈴。

這次出來的是一個中年人，他走着，走得很慢，垂下頭。我立刻就認出他，那是經伯；當他十多歲的時候，便是這裏的園丁了。

姨丈很信任他，有事進城，屋子就由他一個人管理。可是，曾經有一次，姨丈責罵過他，那是為了我。

那時我還是小學生，表妹也是小學生。

「我們折一朵花，你猜，爸爸會罵人嗎？」我們站在花叢前面。

「姨丈今天很快活，不會罵人的。」我挺挺胸膛說：「妳喜歡哪一朵，我折給妳。」

「那朵紅色的。」她用手指着。

我就伸手折給她。突然，有人打我的耳光，我痛得要命，轉頭一看，那是經伯。

「呵，表少爺，想不到是你回來了。」那隻打過我的手，現在打開鐵欄，讓我進去。

「你老了一點了。」我看他的頭髮。

「是的，人老了，工作得很慢。」我們在兩片草地中間走着，「沒有時間剪草和淋花。」

草很長，也沒有幾朵花，以前，到處都是花的。

「你知道，現在屋裏的事務，只有我一個人做。老爺辭去了所有的傭人。」

我們進了屋子。

客廳裏到處都有塵埃，彷彿是沒有人在這裏居住的。經伯用毛掃打了打沙發，我坐下。

「姨丈身體好嗎？」我問，「他還不知道我回來了吧？」

「我告訴他。」他說着，連忙走上了樓。

我站起來，踱着；我走近鋼琴，打開琴蓋，把指頭放在琴鍵上，彈出了單調的音響。我舉起手，聲音又消失了。空氣是沉默的，我抬頭看窗外的雲。

我沒有忘記第一次聽到琴聲是怎樣的。

吃過了晚飯，我一個人在園子裏散步。那時候，我已經懂得在孤獨中思想了。忽然傳來了悠揚的琴聲，是從開着的窗子裏傳出來的。

於是，我輕輕地走進屋子，輕輕地推開客廳的門，恐怕驚走了琴聲。

「彈琴的是妳！」我看見表妹坐在琴邊，穿着白衣，浴在流進來的月光中。

「不是我，還有誰呢？」她停住了彈奏。「爸爸是不喜歡音樂的。」

身後有推門的聲音，進來的是姨丈。

「你們明天要早起，早點去睡。」他說完，就出去了。

我們便一起上樓，各自到夢中去尋找所憧憬的。

「他真奇怪，」我們走着樓梯，她告訴我：「他不喜歡音樂、圖畫和書；連花朵也不大喜歡的。」

「我倒喜歡。」我說。

「我也喜歡得很，」她低聲地回答：「我們喜歡他不喜歡的東西。」

我們笑了。

我現在卻沒有笑。

我再次坐在沙發上，開始想，表妹在哪裏呢？仍舊在學校，沒有下課嗎？不，她在下午是沒有課的。也許去了找朋友吧，還是在樓上作午睡。

我喜歡看她睡醒時的慵倦，她拖着紅色的小拖鞋，一步步的走下樓梯，走進來，打了一個呵欠。

「還沒有睡醒嗎？」我站起來。

「原來是你來了。」她立刻走過來。「我剛才在夢中看見了你。」

這樣回想着的時候，我聽見樓梯有腳步聲，這一定是她。

我連忙走出去。不，下來的是經伯。

「經伯，怎麼不見表妹在家呢？」我問。

「老爺要下來了。」他沒有回答我的話。

一會，上面有沉重的腳步聲，我看去，一個老人出現在第一級樓梯上。

這個老人就是姨丈，就是喜歡爬山、打獵、釣魚的姨丈嗎？他老了，比他的年紀老了十年，也許二十年多了。

「這些日子，我很少下樓的。」他告訴我，他實在走路很吃力。

我扶他進客廳，坐下。經伯倒給我們茶。

「表妹呢？」我首先問他。

「你為什麼要問？」他垂下頭，像懺悔他的過去。「她死了。」

「死了嗎？」我不相信。我看開着的門，門外的走廊。多少次呵，她知道我來，在走廊上走着，發出清脆的笑聲。

「她真的死了嗎？」我看着鋼琴，再沒有一個少女坐在琴邊了。

「姨丈，這是不可能的。」

「是的，這是不可能的。」他用兩手蒙着臉。「為什麼上帝要懲罰一個人兩次呢？」

姨母早就死了，現在表妹也死了。

人生常常是這樣的：你遇見那些受了創傷的人們，或是久別了的朋友，你想着，有很多話向他說，要怎樣安慰他，也安慰自己，但是，到底什麼話也說不出來。

我和姨丈兩個人相對着，沉默。

我們沒有流淚，因為，沉默已經是最大的痛苦。

「你走吧！」他送我出門，沒有叫我再來。

走了幾步，我轉過頭來，再看一看那個倚着門邊的中年的老人。

花園，和我進來時一樣，沒有很多花，水池沒有噴着水，草長得很長。

經伯一直陪我走着，走得很慢。

「表少爺，」他為我打開鐵欄。「什麼時候再來？」

「我自己也不知道。」我轉身，要走了。

「表少爺，」他叫我回來。「有一件東西給你的。」

「什麼？」我看着他。

「是一封信，」他交給我。「那是小姐留給你的。」

我把信放進口袋。

「小姐實在沒有死！」他繼續說：「只是，她跟一個男人走了。」

「他是誰？」我連忙追問：「為什麼他們不好好地結婚？」

「老爺不許，他不喜歡那個男人。」他回憶着過去。「你為什麼不早一點回來？你回來，就沒有這樣的事情發生啦！」

假如我在她未走以前回來又怎樣呢？難道她會不愛那個男人嗎……

我要打開她的信了。我撕開信封，像撕開一個人的心。

火車走着，單調的音樂。

這種音樂對我並不陌生……

歧路

星期日是陰天。

教堂並不為了太陽沒有出來而不做彌撒，鐘仍舊的打響，聲音在沉悶的空氣中飄蕩。這裏離教堂不遠，我喜歡站在窗前，聽鐘聲和詩班的歌。

在神父的祝福中，人從教堂湧了出來，街上走着的全是教友，年老的和年青的，男的和女的。我注意他們走路的姿態，看着他們的頭頂，希望能從他們身上找到一點寫作的靈感。

可是，我想不出什麼東西，離開窗，重新坐在桌上，對着面前的白紙，不知道怎樣寫。

突然，我聽見了敲門聲。來客一定是在我離開窗以後才在街上出現的。

我開門，來的是安娜。

她站在門邊，沒有微笑，沒有說一句話，走了進來就坐下，看來很疲倦。

「做完了彌撒嗎？」我問。她是一個虔誠的教徒，每天都到教堂的。

她不回答，只是點了點頭。

「胡的信來了嗎？」她以為我在寫信，走近我的書桌。

「不，他的信還沒有來。」我說：「我打算寫一篇小說。」

「我也沒有接到信。」

「他的信會來的。」我安慰她。

「他不會忘記我們吧？」她看着那空的牀，那是胡在的時候睡的。

「他怎會忘記我們呢？」我也看牀，想着那些日子，牀上有人睡的日子。

星期天，我和胡都是很遲才起來的。前一夜我們有激烈的辯論，一直談到了深宵才去睡。但是，這次我無法入夢，我看着天花板漸漸明亮了。

太陽跟前天一樣上升，教堂的鐘聲，驚醒了沉睡的空氣。我閉上眼睛，就看見了安娜，她跪在聖母像前面，為胡祈禱。我睜開眼睛，看對面牀上的胡，熟睡着。

我剛起來，洗了臉，安娜就來了。她每個星期日都來的。

「這裏是早餐。」她買來了蛋糕，又替我們燒水沖咖啡，一切都預備好了。

安娜把調羹敲在玻璃杯上吵醒胡，他揉了揉眼睛，滾下牀來。

三個人就一起吃早餐。

吃早餐以前，安娜垂下頭來默禱，又畫了十字，然後拿起杯子。我看胡的臉，知道他討厭這些動作。

「多謝了天主嗎？」他說，輕蔑的笑。「妳比孩子還幼稚！」

「是的，怎樣？」她說着，點頭。「天主愛孩子。」

他們一談到這些，我便轉變話題。

「今天，天氣好。」我看窗外的雲。「我們沒有旅行很久了，來一次，好嗎？」

「我贊成！」安娜舉起了兩隻手。

「我不能去。」胡說。

「為什麼？」我們同時間問他。

「我要見一個朋友。」他飲盡了杯子裏的咖啡，穿上外衣，要出去了。

「安娜。」他出門的時候，回頭說：「妳隨便坐，我很快就回來。」

他掩上門。房子裏沒有了聲音，還是我先動手收拾桌上的東西，放好書籍。我和他讀的書是完全不同的，思想也不同，但沒有影響我們的友誼。

「他往哪裏去了？」安娜拿去了杯和碟。

「我也不知道。」我把書放回書架上。「他沒說。」

「我以為你什麼都知道的。」她重新坐下。

「我只知道，他很喜愛妳，但憎恨妳的宗教。」我凝望書架上胡的書。

「如果他信天主就好啦！」教堂的鐘聲又打響了，她在傾聽。

「他永不會，正如他希望妳不信神，這也是永不會實現的。」我說：「這就是我們的時代，每個人思想着不同的東西，這思想使人與人的心隔絕了。有一天，我們會發現每人走着不相同的道路，走向墳墓。」

「那麼，這個時代是沒有愛情的了。」她的臉立刻呈現憂愁，我看見她眼角凝了兩顆淚。「安娜，妳怎樣了？」

她沒有說話，讓兩顆淚慢慢流下。

眼淚感動了我，而沒有感動胡。他不相信情感這種東西；他只相信人類生活在物質的定律，應該接受教條的約束。

「我要往我理想的地方去了。」胡對我說：「我要去過新的生活。」

「那樣的生活是沒有樂趣的，你到底會後悔。」我不知勸他多少次了。

「難道我要老死在這塊殖民地嗎？」他又發脾氣了。

每次都是這樣：他一發脾氣，我們便不爭辯下去，各自去讀書，或是到外邊去散步。

我知道，總有一天，他會離去的。

我不能忘記他離去的一天。那天，正是星期日，火車站的人很擠。他們是到郊外去旅行的，每個人的臉上都掛着笑。只有我們，那時的感覺不是現在所能描寫的。一個跟我一起生活多年的朋友要遠去了，這一去也許永遠不能回來。

「你想清楚了？」我問，我問了很多次了。

「想得很清楚。」他堅決的說：「你知道，我決定做一件事，從不改變主意的。」

「安娜還沒有來？」我看車站裏的鐘。

「她要來的。」胡說：「昨夜，她哭了很久；我本應該帶她去，但那地方沒有人浪費時間去祈禱的。」

「她來了。」我看見一個身材和她相似的女孩子走來。「不，那不是她，我看錯了。」

「她為什麼還未來呢？」他不耐煩的在我的周圍踱着。

接着，火車的哀鳴催他上車。

「我上車了。」他提起行李。「你替我告訴她，告訴她……」他沒有說下去，轉身就走，跟別的乘客一起穿過鐵柵。那令人悲哀的鐵柵，從此就把我們隔絕了。

火車開了，安娜仍舊沒有來。當我要離開火車站的時候，她來了。

「胡呢？」安娜立刻問。

「他走了。」我指給她看，空了的鐵軌，沒有火車。

「呵！我起來太遲，做彌撒又耽誤了一些時間。為什麼我不早一點起來？」她說着，一步步的走近鐵柵。

這次她沒有流淚，一滴也沒有；她只是用雙手緊握着鐵條，凝望外邊空了的鐵軌；她不知道自己在凝望什麼，想什麼。

「我們走吧？」我拉她的手，她不願意的跟我走開。

我送她回家，在路上，她沒有說一句話，更沒有微笑。

「你想到了小說的題材嗎？」她問，驚醒了我的回憶。

「不，」我說：「我不是思索要寫的，我回憶我們的過去。」

她垂下頭，看桌上玻璃壓着的胡的照片，然後用手掌蓋着。

「過去的是死了。」她低聲說。

「他沒有死，仍舊活着，也許還很愉快。」

「我希望，我每天都替他祈禱。」她凝望着天空，雲是灰色的。

「他的信快來了。」

她搖搖頭，我不懂得她搖頭的意思。

「那是個沒有友誼和愛情的地方，是不容許他寫信的。」

教堂的鐘聲又打響了。

第一課

今天，我來，跟昨天我來的時候一樣：運動場仍舊是運動場，課室仍舊是課室，坐着的是學生，講着的是教師。

昨天，學校大門旁邊，有人等我，他是介紹我到這間學校來當英文教師的朋友謝。

「你來了？」他說，「你應該早點來。」

「現在並不遲。」我回答。

「你做事總是慢吞吞地。」他帶着責備的口氣說。

我看手錶，還不到兩點鐘，於是多餘的問：

「我們約定的不是兩點鐘嗎？」

「校長開始辦公了，他等我們。我們應該等他的。」他邊走邊說，大概帶我到校長室。

我跟着他走，他走得很快。

「他等我們，」我追上他，「我們等他，都是一樣。」

他站住，看來又要責備我了。

「你的衣服，」他打量我的身體，「我說過，你是要穿整齊一點的，校長很講究體面。」

「他聘請的是教師，不是時裝設計專家。」我說。

朋友謝沒有說話，我知道，我們是走到校長室了。

他輕輕地敲門。

「請進來！」裏面的人說。

我們便進去。

「這位就是陳校長。」朋友謝把我介紹給他認識。

我握他的手，那是一隻多肉的手。

我看他，那一張胖白的臉，決不像是一個校長，簡直是銀行的總經理，或是董事長。我看旁邊的朋友謝，那張瘦臉，倒是典型的教師。

「請坐！」校長對我們說。

我們便坐下。

「錢先生，」他開始跟我談，「你是英文書院畢業的，有教學經驗嗎？」

「我替人家補習。」我回答。

「除了補習，有沒有幹過別的事情？」

「沒有。」

「為什麼不到學校當教師？」

「我找不到好學校。我不願意幫那些學店的老闆賺錢，同時，那些學店的薪金也太低。」

那位校長聽了我的話，臉上立刻露出不高興的表情，我有點莫名其妙。

「我們這裏的薪金也不多，」停了一會，他說，「我們是新辦的，一間新辦的學校有種種的困難。」

「陳校長，決心辦一間好學校，當然要付出很大努力。」旁邊的謝，巴巴結結地說。

校長笑了，「我們這裏教師的薪金，只有一百多元，教英文的，比較多一點，但也不滿二百元。」

「不滿二百元？」

「是的。教師要了解學校的苦衷。」

「我們知道的。」謝說。

半小時，我們出來。

「我想，學校會聘用你的，」謝先說，「我們急需一個英文教師。」

我沉默着，走路。

「但是，」他繼續說，「你沒有留給校長一個好印象，說話沒有禮貌，你不稱呼他校長。」

我仍舊沒有說話。

「還有，校長最不喜歡人家留鬍子，你卻留着；快把它剃去。」

我用手撫摩着唇上，覺得留鬍子，並不壞。

「記着，剃去鬍子！」他送我到校門口，又叮嚀這麼一句。

今天一早，我在夢中，被吵醒。原來有我的電話。

「喂，」我拿起聽筒。

對方的人説話，我立刻認出這是謝。

「快來學校！校長答應聘用你了，今天開始上課。」他告訴我。

「好。」我回答，「我就來。」

「立刻來，不要耽擱。還有，穿整齊點，剃去鬍子……」

「好，好！」我打斷了他的話，沒有讓他説完，就放下聽筒。穿好衣裳，走到學校。

「你還沒有剃鬍子！」一見面，謝就對我説，「你這個人，老是這樣！」説完，他搖搖頭。

「我從來不預備剃刀。」

「你可以到理髮店。」

「理髮店未開門，太早。」

上課的鐘聲響了。

「這是你的點名簿和時間表。」

我接了，便去上課。

第一次，我走進課室。

「起立！」班長説。

學生起立。

「敬禮！」

學生向我鞠了躬。

「坐下！」

學生坐下。

我開始授課，講英國語文的來源，怎樣發展，對人類文明的影響，西方的文學；我提到了莎士比亞的詩，和狄更司的小說。但學生不懂得他們，我覺得奇怪。

「先生，」一個學生站起來發問，「我們為什麼要學英文？」

我便跟他們解釋，溝通東西方文化的重要，吸取人家的好處和把自己的好處介紹給人家。然而學生又是不懂。有的用手支着腮，有的睜大眼睛，有的伏在桌上，有的跟旁邊的同學談話。

「你們看電影嗎？」我問一個正在談話的同學。

「看。」他說，連忙舉出了正在放映的幾部電影。

「你聽懂對白麼？」我問他，他搖搖頭。

「有中文字幕！」一個女同學說。

「如果你學會了英文，你就不用看中文字幕了。」我告訴他們。他們滿意了。

「翻開你們的書。」我說。

他們還沒有翻開書，下課鐘就打響了。

接着是又上課，又下課，又……

正午，學生回家，教師留在學校吃飯。

我和謝同桌，他把別的同事介紹給我認識，一個是中年男子，靠一百八十塊錢薪金養家；一個是老處女，不大做聲；一個是剛從中學畢業的女孩子，常常笑；一個是瘦弱的男人，戴着深度近視眼鏡……

吃了飯，謝把我拉到一邊。

「現在，有時間，」他低聲對我說，「快到附近一間理髮店，剃去鬍子！」

「我想，不去。」

「聽我的話吧！」

我扭不過他，到底去了。

十分鐘後，我回到學校，鬍子沒有了。謝似乎感到滿意。不過，還沒有看見校長。

「早上，校長來過，」謝說，「也許今天不再來了。」

「他常常不在學校的麼？」

「校長很忙，他是校長，又是經理。」

鐘又打響了。學生放下遊戲，停止談笑，一個、兩個、三個的回到課室，運動場霎時空了。

第一堂，我沒有課。

「你可以到教員休息室，」謝對我說，「我去上課了。」

「圖書館呢？」我叫他回來。

「在樓上。」他轉頭，告訴我。

圖書館很狹小，藏的書不多，學生應該讀的書更少，有的是些雜誌、畫報什麼的，並不適合學生課外進修。

「學校讓學生讀這種低級趣味的雜誌麼？」我拿起一本，問圖書館管理員。

「這份雜誌是校長訂的。」

我翻開別的書，學校的年刊，第一頁，刊着校長的照片，那一張商人的臉。

我走出圖書館。

下一堂，是英文默書。

我把〈快樂的王子〉中的一段，讀出來，要學生默。

我讀着，他們寫着。他們寫完了，我把那段文字抄在黑板上。

他們說，他們錯的字很多。

他們要求我，講那個故事。

我講了，我講那個活着的時候快樂、死去看見人間的憂愁自己就憂愁的王子，和那隻愛他、為他死去的燕子⋯⋯還沒有講完，下課了。

放學了。學生離開學校，教師也離開學校。謝跟我一起走。

一走出校門，剛有一輛汽車在門前停下，謝彷彿認出了那輛汽車，連忙跑上前去。車門開了。

「陳校長。」謝說。

那張商人的臉看他，又看我。

「呵，錢先生，」他對我說，「請繼續來上課吧！」

他在我的身上打量。

「錢先生，今天的打扮，我很喜歡。你知道，一個教師，外表和學問是同樣重要的。」

「是的，校長。」謝在旁邊，替我說話。

我實在不知道，應該怎樣說。

但是，我今天已經上了第一課了。

放在我前面的，是一本無形的教科書，還有第二課，第三課的。

如果小姐愛我

阿貴把車停在路邊。

路邊除了他的車，還有別的車，大的和小的，新的和舊的。那些車子都是等待人的，等待快要下課的學生。學校就在對面，穿過鐵欄，可以看見裏面的運動場，運動場上，有上體育課的學生，正在打籃球。當體育教師召集他們，叫他們去換衣服和休息，阿貴知道快要下課了。

星期日以外，他每天的工作都是這樣的；早上，他先送小姐返校，然後，送老爺上班；到放學的時間，他又要來接小姐回家。

小姐就在這間學校讀書。阿貴曾經走進去，他知道她是在哪一間班房，哪一個座位。鐘一打響，學生便離開座位，走出班房了。

鐘響了。

學生從每扇門走出來，經過走廊和運動場，從鐵欄走出來了。學生有男的，也有女的，每個人都穿着白色的校服；阿貴注視着他們，不容易分辨哪個穿白裙的女學生，是小姐了。

「阿貴，」一個年青的女學生拉開了車門，「你看不見我嗎？」

他看不見她，是因為她跟着一個身材高大的男學生的後面走。

阿貴開車。街上全是學生，車走得很慢；小姐是喜歡車子慢走的，她可以跟街上的同學談話。

「佐治，」她對一個男同學說，「今晚早一點來！」

那個佐治是她最要好的同學，也是阿貴最憎恨的一個。這種憎恨是沒有解釋，他不知道憎恨他什麼地方，但總是不高興看見小姐跟他談話。

他故意響了號角，驚走了車前的學生，增加了速率，很快的把車開走了。

「阿貴，你瘋了麼？」小姐說。

「今天有馬跑，老爺和少奶等着車！」他駛着車。車到了大道，跟着別的車走。在紅燈前面，別的車停下，這架車也停下。

他恐怕小姐發怒，轉頭看她，她的臉色告訴他，真的發怒了。在任何方面，他都是服從她，還就她的，這不單是為了她是小姐，而他只是司機；裏面還有別的理由的。阿貴後悔剛才的行為了。

「我明天……」他想表示他後悔，但找不到適當的語言，「……我明天一定開得慢的。」

「明天是星期日！」

阿貴沒說話了。他聽見前面有汽車開動的聲音，知道是綠燈了，他便轉身看前面，車又開了。

他懂得小姐的脾氣，是不會發得太久的，只要你轉了話題，跟她談她喜歡的事，她很容易忘記過去的事的。

車經過銀行，銀行剛剛下班，人很擠；車也經過戲院，戲院今天開影一部歌舞片門前的廣告畫得很美麗。

「今晚，去看電影嗎？」阿貴以為小姐約佐治去看電影，她是喜歡看歌舞片的。

「不，」她回答，「今晚，我開派對。」

「又開派對？」他記得幾天以前，小姐剛開了一個派對，那次他們很高興，他卻忙了整個晚上。

「這是這個學期最後一次了，我們要讀書準備考試。」其實，那些學校的學生是不需要讀書的。

車駛着。

「你送了爸和媽去了馬場，立刻回來。」小姐告訴他，「我要買一些東西。」

阿貴立刻說，好的！他樂意去做。小姐從不叫別的傭人去買東西，只是叫他，使他相信小姐喜歡他。

小姐會喜歡一個司機嗎？他又懷疑了。

車在一家洋房前面停下。小姐下了車，用手掩上車門，然後，走上了石階。阿貴凝望着她的背影。

她的身材不肥，也不瘦；她的臉孔不美，也不醜。但是，這是不重要的，外形不比金錢重要；只有美麗的外形，沒有金錢，有什麼用呢？金錢可以使你得到一切。他想，如果小姐愛他就好了。她愛他，他們戀愛，結了婚，自然，這座洋房就是他的洋房，這架車就是他的車了。

這車真好！他從沒有駛過一輛這樣的好車。他是駛過很多輛車的，從前，他在一家修理汽車公司裏當學徒；車一修理好了，他便偷偷地駛了出去。那時，他遠比現在貧窮，富貴的夢想更加強烈。如果有了錢，一切都好了，他不用每天爬進汽車底，不用偷駛人家的車，他有自己的車。

夢想永遠是夢想。可憐的，他又要回到現實的世界了，他匆忙的吃午飯，因為，老爺和少奶要看跑馬，吃了飯，他送他們去了。出門以前，小姐再次叮囑快些回來，他到了馬場，立刻就回來了。小姐的事情，最要緊！

一路上，他沒有想到別的事情，只是想着小姐，即使她是喜歡他了，又怎樣？怎樣可以進一步呢？他的目的是要小姐愛他，可是，一個男人，尤其是地位低的男人，要得到異性的愛情不是容易的，而不容易他也要嘗試，嘗試也許會成功。

他忽然記起了，以前在報上，讀到了一篇關於愛情的文章，作者說，男女青年戀愛，女性大多含蓄，男性是應該採取主動的。那麼，阿貴決定採取主動了，但怎樣呢？他想。他想了又想，啊，想到了！……

「小姐，」在車上，他問，「買完了東西，你下午還有空嗎？」

「什麼事？」她覺得奇怪。

「如果你有空，我想，請你教我讀英文。」他準備了怎樣說的。

「你不是每天晚上都讀英文嗎？」阿貴是讀夜校的，已經讀了幾年了。

「教了新的文法，我沒有上了幾晚課。那幾晚，不是老爺，就是少奶要用車。」

「什麼文法？」

「是 Adverb。」

「Adverb 是很容易的。」

「但我也不懂。」

這時候，車已經停在一間百貨公司的門前了。阿貴伸出手，替小姐開了車門。

小姐是這裏的老主顧。差不多每個職員都認識她，他們最初以為阿貴是她的男朋友，後來，看見每次買東西，都是由她付錢，知道他們是猜錯了。

她先到樓下的糖果部，買了糖和餅，然後，乘電梯上了二樓和三樓，買了男人穿的衣、領結；女人用的手帕，都是今晚派對用來抽獎的獎品，她買東西是很挑剔的，除了顏色和品質，她還注意到款式，看了又看，問了又問，這件穿起來怎樣？那件怎樣？

一小時以後，他們從裏面出來。

阿貴的雙手是沒有空了。他們上了車，車又開了。

他看着前面的道路，車和人，一切很明亮，今天是晴天，有陽光，人是很容易接受天氣影響的；陰天使人憂愁，晴天卻充滿了希望，他的希望很多。

車到家了，人也到家了。

下了車，阿貴第一個思想就是，請小姐教他讀英文，她是喜歡教他的，他想。想着，他彷彿現在就是坐在小姐旁邊了，她教他，用手指着書上的文字，一面讀給他聽，他們的頭靠得很近。

「小姐，」想像使他不覺微笑了，「你答應教我讀英文的。」

「是的，」房子裏的聲音，「我一會出來！」

這時候，電話響了。阿貴拿起聽筒，立刻辨出這是佐治的聲音，他常常打電話來的。

「我來。」她走出來，接過了聽筒，「佐治嗎？」

……

「什麼事？」她問。

……

「好吧！你等我，我立刻來！」她放下聽筒，看一看旁邊的阿貴，他是失望了。

「你自己讀，有什麼問題，我回來時，問我。」

他點頭，知道她很久才回來的，她回來，已經是吃晚飯的時候了，吃了晚飯，又是派對了。他多麼憎恨佐治！

如果這個世界沒有佐治，一切都好了。為什麼小姐喜歡他呢？

晚上，吃了飯，阿貴開始忙着預備派對，移開了沙發，捲去了地毯，一會兒，什麼都預備好了。電話又響了，這次又是佐治嗎？他想不拿起聽筒，但到底拿起了。

不，這不是佐治！這是老爺，他叫阿貴不用接他了，他和少奶很晚才回家。那麼，他們一定是贏了很多錢，往常，他們在外邊吃了飯，就叫阿貴來接他們，一路上，他們在車上爭吵，輸了錢，總是這樣的。

阿貴沒有事做，他洗澡去了。當他擦着背子，聽見了音樂，他知道佐治是來了，他一向是最早來的。阿貴看着鏡中的自己，覺得比佐治漂亮。

出來的時候，看見佐治真的來了。廳子裏，除了他和小姐，沒有別的人，他們還沒有來。

「今天，我在戲院門前等了你很久。」佐治說。

「我應該不來的。」

「為什麼？」

「我要教阿貴讀英文。」

「教他讀英文！」他笑了，「你是小姐，他只是一個司機。」他不知道阿貴是聽着的。

「你這……」阿貴想立刻跑出去，打他一拳，可是，他沒有勇氣。

那天晚上，小姐到處找阿貴，她要他搬弄汽水和啤酒。後來，她在車房找到了他，他正在飲酒。

「唉！……」他醉了，「如果小姐愛我，如果小姐愛我就好啦！……」

女兒心事

我常常看鏡子，一個人，偷偷地不讓別人知道，不論誰，甚至父親。父親去睡了。傭人出去了，我就關上門，看鏡子，在鏡子裏裝各種姿態，裝着發怒，憂愁，皺着眉；或是扮演着歡樂，高興，微笑着。然後，我問自己，我美麗嗎？

披散在肩上的頭髮，美麗嗎？烏亮的眼睛，玫瑰色的臉頰，美麗嗎？我面對着鏡子，轉了身，看自己的側影，我的身軀適合這件衣服嗎？這件衣服是新裁的，鞋子也是新的。但是，這一切有什麼用處呢？如果沒有一個人，來注視我的身體，稱讚我的裝飾，身體和衣服就變成沒有一點用處了。

我等待着一個人。

他是怎樣的呢？胖的還是瘦的，高的還是矮的。我不知道，我從來不知道。我從來沒有參加過派對，或是跟陌生的人通信。每天早上上學，下午下了課，立刻便回家，晚上不出去。父親是喜歡我留在家的，他年老，身體多病，常常感到不舒服。

這幾天，他也是害着病。

我記起他的病，就看手錶，呵，是他吃藥的時間了。我從睡房裏走出來，經過他的睡房，門是關着，裏面沒有聲音，他一定仍舊是睡着。我輕輕地推開門，看見他真是睡着。

我沒有叫醒他，走去了客廳，坐在沙發上，讀今天的報紙，讀完，便翻開剛寄來的雜誌。這是一本文藝月刊，我愛讀裏面的小説，讀下去，立刻走進了別一個世界，我忘記了這個客廳、沙發、和窗外射進來的陽光。

風吹動窗前的樹枝，發出沙沙的聲音，我抬起頭，看見地板上的樹影在搖動。

我看得出神的時候，聽見有電鈴的聲音，這是誰？我跑去開門。開門以前，我先在門孔看出去，看看來的人是誰？我看見一個陌生的男人，很年青，看來只是剛過二十歲。他長得很高，如果他站近一點，我看不見他的臉了。我看他的……

他又按電鈴。

我想立刻開門。不，我再偷看他一次，然後開門。

「你找誰？」我問。

他垂下手，向我點了點頭，告訴我，他要見我父親。

「請進來吧！」我一揚手，示意請他進來，他便跟我走進客廳。我用手指着沙發，他就坐下。

「父親這幾天都不舒服，」我對他説，「他現在睡着了。」

「別吵醒他，」他説，「我知道他生病。」

「你怎知道？」

「我到過報館，找他。」我沒有再説話，我不知道應該説什麼話。第一次對陌生男人，這樣的談話，算是有勇氣了。我垂下頭，用手玩衣角。

他站起來，我以為他要走了。不，書架上的書籍吸引了他的注意。他走過去。

「這是妳的書嗎？」

「不，」我仍舊垂着頭，搖了搖頭。

書架上的中文書是父親寫的，其餘的是英文和法文的。

「那是父親的。」我接着，低聲說。

「他寫了很多書，每本我都喜歡讀。」

「但是，父親不滿意自己的書。」

「沒有一個作家是滿意自己的作品的。」他說。他說的話，像父親。

我看着他從書架上抽出一本書。他拿着書，轉身看我，我立刻垂下頭。

「妳讀過這本書嗎？」他問。

我抬頭，看見那是一本拜倫的詩集。

「我讀過一部分。」我回答。「我相信每個年青人都喜歡拜倫的詩。」他笑了。

接着，我們談拜倫。他浪漫的一生，於是，談到了藝術和道德。他懂得的很多。

我漸漸對他，不感到害怕了。……

「他剛才走了。」我告訴父親，當他醒來。「他姓陳。他說，他只是來看望你的病，沒有別的事情。」

我想着，父親會告訴我一點他的事情，但父親沒有說話。

「爸爸，」我忍不住了，「那位姓陳的先生是誰了？」

「我也弄不清他是誰，姓陳的人很多。」

我便說出他的年紀和外貌。

「呵，那個年青人！」他說，「他是投稿來的。後來，在一個場合，我認識了他。」

「他怎樣？」我連忙問。

「人家的事情，你管什麼！」父親是這樣的，他不喜歡理會別人的事。我不敢追問下去。

那麼，他是怎樣的呢？他是一個怎樣的人呢？人，就像書本裏所說的一樣，有一張良善的臉，便有一顆良善的心嗎？他微笑，那是表現喜悅，微笑裏面沒有帶半點虛偽嗎？我又想起他的聲音，他讀一節拜倫的詩給我聽，讀完，他垂下頭，用書掩着臉，這樣經過了長久的沉默，他是感動了。

我不能不想他。望着空白的牆壁，就看見了他每一種姿態，聽見他的聲音了。彷彿，他現在就是站在離我不遠的地方，一步步向我走過來。

他明天會來嗎？我送他出門的時候，叫他來的。

「明天，請再來吧！」我開了門。

「如果有空，我來。再見！」他點了頭，轉身就走。我看着他走下樓梯。

他會來的。

「我很喜歡跟妳談話，真的喜歡。」他說過。

不，他不會來。他只是在說謊，人家說，男孩子是喜歡對女孩子說謊的。他會說謊嗎？不會吧！

我等待他來。

第一天，他不來。

第二天，他不來。

第三天，他也不來。

這三天，我沒有一分鐘不是想着他。我翻開舊報紙，讀他的文章；他寫了很多，小說和論文都有，我奇怪裏面沒有一篇是關於戀愛的，他寫的老是別人的苦難和自己的理想。

「他寫得好嗎？」我問父親。

「他太年青，缺乏學問與及人生經驗。」

「他這麼年青，能夠寫出這樣的文章，算是天才了。」

「我不喜歡年青人相信自己是天才。」父親相信的是工作，努力的工作。

我想，他真是天才呵！我又想，什麼時候可以再看到他呢？

他會再來嗎？我想問父親，但我不敢。

他也許明天就來吧，但也說不定的。

明天是星期日，每個星期日我要到教堂。

我醒來，看見窗外完全是陽光，陽光下有鳥叫。

我下了牀，沒有想到別的事情，只是覺得高興，滿足生活的幸福。我穿上了一件象徵純潔的白衣，往教堂去。

街道、汽車和行人，都在陽光下微笑，我的心也充滿陽光了，我微笑。可是，當我突然想到那個人，這個世界立刻昏暗了。

我走進教堂，聽着風琴的旋律、人的歌聲；我跪下，跪在十字架前面，我向耶穌祈禱，向聖母祈禱，替父親的健康和人類的幸福祈禱，我更為自己祈禱。

聖母瑪利亞呵，賜給我心的寧暢。

救主耶穌呵，賜給我需要的東西。

我除下頭紗，走出教堂。教堂門前的草地，跟往常一樣發着綠，開着小花。我沿着草地走着、走着看見，一個人向我走來。我看去，站着，這真是他嗎？

這真是他！

「早晨！」他走近我。

「早晨，陳先生！」我答道，「進教堂嗎？」

「不，」他搖搖頭，「我從不進教堂。」

「你不信耶穌。」

「我只信自己。」

「任何人也不相信嗎？」

「我信妳！」

「你真懂得說話，」我笑了，「但我不信你的話。」他沒有說話，我們開始一起散步。

「如果你真的信我，」我接着説，「你一定會來看我的。」

「我恐怕我不受歡迎。」

當我們散步到我家門前，我拉他進去。

父親起來了，正在客廳裏讀早報。他看見我們進來，只冷淡的請他坐下，然後轉身離開，留下我們兩個人。

看來父親不喜歡他，這是為什麼呢？

他走後，我問父親。

「他高傲、自大，我不喜歡那樣的年青人。」

「不，爸爸，你錯了。他不是那樣的。」

「他是。」父親説着，走進了他自己的睡房。

我走進客廳，現在客廳裏只有我一個，剛才是有兩個人的，我和他。即使他是高傲、自大，我也喜歡他，喜歡得很厲害，每個人都有缺點的。

「爸爸，我可以跟他做個朋友嗎？」我問父親。

「當然可以，妳不是年幼了，應該懂得照顧自己的。妳喜歡做什麼，就做什麼。」

「可是你不喜歡的事情，我不做的。」

父親沒有回答。

這一次，父親不喜歡，我也要做了。

父親不在家的時候，我寫信給他，信從短寫到長，起初我稱呼他陳先生，後來我叫他大偉了。寫信是不足夠的，我們有空就見面，時間大多數在週末。

我們一直保持着，沒有超出了友誼。大偉除了走過馬路的時候，從沒有握我的手。在咖啡室裏，有時，無意間他的手碰到我的手，他立刻縮回。當他注視我，我含羞的垂下頭，他便覺得不舒服了。

晚上，去看電影，散了場，他便送我回家，從不在街上逗留。一路上，他的態度跟白天不同了。白天，他高興說話，講他自己的事情，他怎樣讀書，怎樣寫作。到了晚上，他不作聲了，彷彿他是不懂得說話的，看來他有什麼要告訴我，到底也沒有說出來。

「你為什麼這樣呢？」我問他。這時候，我不能不問他了。

「沒什麼。」他把兩手放在身旁。

我便不追問他，繼續走，我們不覺愈走愈慢。

「妳知道嗎？」他突然握着我的手，「我為什麼來看妳？我為什麼跟妳通訊？為什麼要妳跟我出來玩？」

「我不知道。」我搖搖頭。

「我愛妳！」他說。

我不知道應該說什麼。在昏暗的路燈下，我看見他的臉是激動了。我倒在他身上……

「我也愛你！」我感覺他的心在跳動，這樣持續了很久。

「那麼，我們結婚吧！」他放開我的身體，「我現在有能力結婚了，妳會快樂的，我也會。」

「但是，」我垂着頭。「我還年輕。」

「妳不年輕了，有人比妳更年輕，已經做了母親。」他一面說，一面摟着我的腰。

我們慢慢走，走到家門，我不願進去。

我們便在街上徘徊。

「妳今夜回家太遲了。」父親見我回來，對我說，他還沒有睡。

「這部電影一定好看，妳今夜特別高興。」

「電影不好看，但我高興。」

「是大偉嗎？」

「是的！」

「妳覺得他怎樣？」

「我覺得他非常好。」

父親沒有說話，他不喜歡我談大偉。今夜，我一定要跟他談了。

「爸爸，我……」我想說下去，我要跟大偉結婚。

沒有回答。

「爸爸，你可不可以遲一點睡，我有話要跟你談！」

「什麼事？」

「我想⋯⋯」

「呵，妳想讀大學嗎？如果妳一定要讀，我是不反對的，可是我不願妳離開我。」

「我遲早也要離開你的。」我哭着說。

「那麼，我不反對，妳就去吧！」父親說：「妳媽死後，我已寂寞慣了。」

我怎能離開父親呢？他老。他多病，他除了我，沒有一個安慰他和愛他的人。

我哭泣着。

明天，大偉來了。他來，見了我，立刻問，妳父親同意嗎？我們去結婚吧，我們會快樂的。不，我們怎能結婚呢？兩個年青人快樂，讓一個老年人悲哀嗎？

我抹去臉上的淚，隱約聽見父親在嘆息。

窗外是漆黑的夜，很長很長的夜。

宴會

校慶日，我們在學校聚餐。

夜還沒有來，運動場上還有陽光。在平日，這時候，還有學生在打籃球，現在，沒有人打籃球了。運動場上，放了十多張桌子，白色的枱布上，是碗筷和酒杯。那是給我們參加的人預備的。

參加的人有校長，有全體教師和部分同學。

他們來了，今天學生們穿得特別整齊；有些男教師，穿着天藍色的、咖啡色的洋服；女教師們，穿着中國旗袍，顏色跟花朵一樣美麗……

後來，校長也來了。他來的時候，校務主任和訓導主任，忙着上前，跟他握手。校長對他們笑，他今天一定覺得最高興。

天空漸漸暗下了。

應該亮電燈啦！

電燈就亮了，運動場光明了。

每個人都坐下。我被一個同事，拉扯到那邊的桌子，那裏有一個空位，他要我坐下。

我發現這裏十二個人，完全是男教師。最年青的是我，最年長的是高年級的英文教師程先生。

程先生戴着眼鏡，頭髮有幾根銀絲，額前被生活耕下幾條皺紋。看來，他已經是個四十多歲的人了。

但是，他對我們說：「我只是三十五歲！」

「我不相信！」一個說。

「你實在是長得太老了！」另一個說。

「無論怎樣，你在這裏是最年長的！」又有一個說。

你知道，在一張桌子上，對於最年長的人，是特別尊敬的，我們要讓他先拿起筷子，讓他先舉起酒杯。

菜端來了。

「飲吧！」他舉起酒杯，向着我們。

我們便跟着舉起酒杯。

他飲，我們也飲。

程先生的酒量不錯，他飲了一杯，又飲第二杯，第三杯。最後，他醉了。

我看着他，脹紅了的臉。

「我醉了嗎？」他問我們。

「你醉了！」他旁邊的同事，告訴他。

「不，我沒有醉……我飲酒是從來沒有醉的……就是現在，我能夠走路，能夠說話，能夠思想……」

他推開酒杯，垂下頭，開始沉思。

「我想起昔日了。」他抬起頭。

我們放下筷子，望着他，彷彿等待他，告訴我們一個故事。

「那時，我年青，」他用指頭指着我，「跟你一樣年青，你是二十二歲嗎？」

「我是，」我回答。

「我也是二十二歲，一個二十二歲的年青人懂得什麼呢？」他說，「拿酒來！」

「沒有酒了！」我騙他，恐怕他醉得不能說話，我聽不到下面的故事。

「你年青，不懂得人生；你讀完書，走進社會，找事做，你做得什麼事呢？」他舉起空了的酒杯，「來，年青人，我們飲一杯！」

「我只有教書，從那時開始，我就在這間學校教書了。你們當中，沒有一個人是比我來得早的。」他環顧我們。

「那就是我的課室。」他指着二樓左角的課室，課室是一片黑暗，裏面沒有人，沒有燈。

「我教的是英文，同時，我是六年級甲班的級任，就是那一班！」他仍舊指着。

「旁邊的課室是六年級乙班，」他移動他的手，「那一班的級任是一位女教師，她教的是音樂。」

「她簡直是音樂的化身啦！波浪的，烏黑的柔髮，微笑的嘴唇，纖纖素手，那彈琴的手呵！」

「我最先愛上她的琴聲，然後，愛上她。」

「當我，經過走廊，走過音樂室的門前，聽見了琴聲，就停着，傾聽。」

「『程先生，』她看見了我，『要找一個學生麼？』」

「『不，我只是……』我不知道怎樣說。」

「『你只是在聽我有沒有彈錯吧？』」

「『不，你彈得太好了！』」

「這樣開始了我們的友誼。」

「以後，我借故向她借一支粉筆，或是發還學生的英文習作，就走進她的課室。」

「她也有來，告訴我，那幾個學生，上音樂課的時候，不守秩序，我立刻責罰他們。」

「下了課，我們常常同在一起。我們談話，她喜歡知道關於我的事情。」

「『你今年多大？』她問。」

「『二十二歲了。』」

「『我已經二十四歲了。』她看來真的比我年長。」

「『你跟我姐姐一樣年紀。』」

「『我有一個像你這樣的弟弟，就好了。』」

「『為什麼呢？』」

「『你年青，聰明，』她看我，『而且，長得漂亮。』」

「『你説笑！』我臉紅了。」

「她沒有説笑。事實上，她把我看作弟弟。」

「我初次出來教書，有很多事情是不懂的，她就教我，上課，要裝着嚴肅的臉孔；下課，跟他們打成一片；教導他們，愛護他們，把他們看作自己的弟妹。」

「『我教了三年書了。她告訴我。』」

「『有興趣嗎？』我問。」

「『有的，』她回答，『我喜歡看着他們長大，從學校學到一點事情。』」

「『學到一點什麼事情呢？書本告訴他們很少的。』」

「『真正的教育來自人類。』」

「『是説人與人之間的愛麼？』」

「她點頭，沉默，臉上有不高興的表情。」

程先生突然停止了敘述。

「為什麼她不高興呢？」我問他。

他彷彿聽不見我的話，沒有回答，站起來，到處張望。

「那一夜，國慶日的晚上，」他重新坐下，「學校的宴會跟今夜一樣，同樣是張燈結彩，有人飲，有人談，有人笑。只有一件事，是不同的。那天晚上，我們有餘興節目，學生和教師，出來唱歌，吹弄樂器。」

「司儀站在擴音機前面，宣佈下一項節目。」

「『請梁杏茹先生』，那是她的名字，『出來唱歌。』」

「她跟我同席，坐在我旁邊。」

「『不，』她對我說，『我沒有準備，不能唱！』」

「『再請……』很多人拍掌。」

「『三請……』更多人拍掌。」

「『你一定要出去的。』我說。」

「她便出去，站在我們前面，每個人都望着她，等待她唱歌。」

「『對不起，各位老師，各位同學，』她對我們說，『我有喉痛，嗓子沙啞了，不能唱歌，請你們原諒。』」

「她說完，立刻走回自已的座位。我替她拉開椅子。」

「『每個人都可以聽見，梁先生說話的嗓子並沒有沙啞。』司儀突然說。」

「『是的！』有很多人說。」

「『再請她出來！』」

「『拉她出來吧！』」

「當司儀的體育教師，就向我們走來。」

「『我今夜不能，真的不能……』」

「但是，司儀沒有理會她，只顧拉她的手。」

「那時候，我的感覺是奇怪的，看見她難受，自己更加難受了。」

「『我替她唱！』我站起來。」

「這次，每個人都望着我了。掌聲停下，我唱歌；我唱了，掌聲又響了。」

「唱的時候，我注視着她。我唱的是一首蘇格蘭情歌。」

程先生開始唱歌了，他的嗓子並不壞，而且，歌聲充滿了情感。我感動了。

沒有掌聲，沒有喝彩，我注意到周圍除了我和他，沒有別的人。他們走了。

他伏在桌上，無意間，手碰倒了酒杯，驚走了沉默。

「宴會完了，」我拉起他的身子，「我們走吧！」

他就跟我走。

我支持着他的身體，一步一步的走着，每一步，他彷彿要倒在地上。

我想，他醉了。

「如果我醉了，」他對我說，「我怎樣可以告訴你故事呢，不，我沒有醉，沒有醉。」

「別說話，我送你回家。」

可是，他仍舊說話，聲音很低，我聽不見。

「你在說什麼？」

他沒有回答，舉頭看天空。天空有很多星。

「那一夜，我跟她出來，也是一個星夜。在送她回家的路上，我曾經舉頭看星。」

「『美麗的夜！』她說。」

「『記憶中，也有美麗的夜麼？』我問。」

「有的。還有更美麗的夜。」

「『什麼時候呢？』我問。我想問，是我們的夜麼？」

「但是，我失望了。」

「『當他回來的時候，』她告訴我。」

「『他是誰？』」

「『一個愛我的人。』」

「我們再沒有談一句話。」

「在她的門前，我跟她分別。」

「『謝謝你，今晚的幫助，你唱得好，我的嗓子是真的沙啞了的。』」

「不，音樂的聲音，音樂的人……」

「她現在怎樣？」

「第二個學期，她離開學校了。聽説，到別處去，尋找人吧。我希望她找到。」

「你到家了。」我認出他的門口，「要我扶你上樓梯嗎？」

「不，」他搖手，「我説過，我沒有醉！」

一顆星和一個人

我來的時候，他們的戲剛剛排演完。那一位一定是劇裏的女主角，我看她，是幾個女孩子當中最美麗的一個。

導演跟她談話，我和他們的距離太遠，聽不見他們在談什麼。他說話，她微笑了，他一定是稱讚她。

「你來了！」朋友王走過來歡迎我。他是一個文藝刊物的編輯。我最早只是讀者，後來，做了作者，成為他的朋友。現在排演的，也就是他們這個刊物的劇團。

「你來了很久嗎？」朋友王問。

「我看見他們排演。」

「他們是我們的青年讀者，都是些學生。」

他告訴我，「導演是社裏請來的，每星期，指導他們排演一次，預備在本刊周年紀念的聯歡會裏演出。」

「他們演得怎樣？」

「我很少看他們排演，大概不會壞，他們以前在學校演過戲的。導演告訴我，他們的女主角演得最出色。」

「是她吧？」

「是，你怎麼知道？」

「我只是猜。」

「美玲小姐，」他叫那個女孩子，「過來！」

她就走過來。

「這位就是你崇拜的大作家，梓人先生。」朋友對她說。我知道他是在說笑。

「呵，梓人就是你麼？」她向我伸出手。

「我做夢也想不到有一位這樣的讀者。」我握她的手，她的手很纖細。

「美玲小姐存有你所寫的每篇小說。」王對我說。

「真的嗎？我覺得非常榮幸。」我說，「那麼，我也應該看美玲小姐演出的每一齣戲。」

「我演得太壞，請你多多指教。」

「演出的晚上，來吧？」朋友提議。

「為了美玲小姐，我一定來。」

嚴格一點說，她演得不好。但她只是一個學生，誰也不好苛求的。

我覺得，一個良好的演員，不單是背誦劇本，不單是依照導演的指示。在演員本身，應該有新的創造。同樣的角色，由不同的演員演，就有不同的藝術表現。我婉轉地把我的意思告訴了她。

「你對今夜的演出，有什麼批評？」

「今夜，你演的是小姐，一位富家的小姐，我們就只知道你的身份，不知道別的事情，這是不滿足觀眾的要求的。我們要知道，你是一位怎樣的富家小姐，譬如你的脾氣，你的愛惡，你的習慣——」

「還有呢？」她打斷了我的話，其實我還沒有說完。

「還有，你常常注意臺下的觀眾，這也是一個缺點。或者你還缺乏舞臺經驗吧？」

「這是第三次。」她舉起三隻指頭。

「當你多演幾次，一定會有進步。」

我們已經離開了劇場。我們最遲出來，街上除了我們，沒有人了。夜的街，靜的街。

「說來真奇怪，我們只是見面第二次，彷彿是老朋友了。」說話的時候，她抬起頭看我，等待我的回答。

我沉默，沒有回答，我對每一個人，都彷彿是老朋友一樣的。對她，也是這樣子。

「你說的話，像我們的導演。」她又說。

「他比我懂得多。」

「你寫過劇本嗎？」她問。

「沒有，」我說，「我翻譯過一部獨幕劇。」

「在哪裏發表的？我沒有看見。」
「沒有機會發表。」
「可以讓我讀嗎？我最愛讀你的東西。」
「如果你有興趣，我就寄給你。」

她來信了：
「梓人先生，你的譯稿，我讀了，現在，寄回給你。你譯得太好了，跟你所寫的一樣好。我夢想着，有一天，你寫一個劇本，由我來演。幕垂下，幕拉起，我們一起站在臺上，接受觀眾的喝彩與掌聲。光榮是屬於我們的。」

她又來信了：
「梓人，這個星期日的晚上，我在學校演戲。送給你兩張入場券，我請你來，請你帶你的女朋友一起來。」

他們讓我進後臺。後臺的一切都很凌亂，人多，你走來，我走去。地方不清潔。我在女演員的化妝室，找到她。
「這就是美玲嗎？」我想，看着鏡中的人。化了妝，她顯然是一個新的人，不是現代人，而是清朝的人。

「我演傅善祥。」她告訴我。那是一齣關於太平天國的戲。

「我知道。」外邊有她的名字，我已看見。

「傅善祥是一個怎樣的人？」她問。

「你應該比我知道得更清楚。今夜，你一出臺，就不是美玲，而是傅善祥了。」

她笑了。

「做一個演員多好！你有時演這個人，有時演那個人，有時富，有時貧，有時幸福，有時不幸。」

「一個寫作的人也是這樣，你筆下的人物歡樂，你就歡樂；你筆下的人物憂愁，你就憂愁。」

一張男孩子的臉探進來，打斷了我們的談話。他一定是她的同學。

「喂！傅善祥，快點！」他說了，就走開。

「你喜歡傅善祥麼？」她突然問。

「我不知道，」我回答，「我不知道她是一個女才子，還是淫婦。」

「那是很難演的角色。」

但是，她演了出來。

我坐在前面，看清楚她的每一種姿態，每一種表情。比較我上次看她的演出，進步得多了。

幕剛垂下，立刻就有震動屋頂的掌聲。她這次的演出成功了。

她來了信：

「你為什麼不帶你的女朋友來呢？一定是恐怕她看見我跟你一起，她不高興。」

「還有，你為什麼散了場，不來送我回家呢？我換了衣服，洗去臉上的脂粉，立刻跑出來，到處找你。可是，你走了。大堂是空的，下面的運動場也是空的。我失望地走回化妝室，看見有一個陌生人。他在等我回來。」

「『我姓陸。』他連忙介紹自己，告訴我，他是今晚的觀眾；他稱讚我的演技。」

「『美玲小姐，』他問我，『希望上銀幕麼？』」

「我回答，我希望，我希望了很久，但是，找不到門徑。」

「他便坐下，告訴我，他的父親是一個片商，製片的。如果我希望走進電影圈，他可以給我一切的幫助。」

「他離開的時候，留下他的名片。他說，希望不久再看見我。」

「我一個人回家，夜很靜，跟那一夜我們回去的時候一樣。不同的地方，只是今夜有很多星，一顆、兩顆、三顆，無數顆的星，閃眼的星，發亮的星，光明的星。」

「一個人走夜路，我不覺得恐懼。今夜，我很高興；我太高興了。」

「我舉頭看星，會不會我也是一顆星呢？」

這是她最後的一封信。以後她再沒有寫信來；我也沒有寫信給她。

我有時想起她，她到底是我的朋友，我對她的懷想，是一個人對他的朋友的懷想。

我看着書桌，想起我寫信給她的情景是怎樣的。

我看着天空，已經是夜，有月，有星。看見了星，又想她了。

她，一個人，一個學生，一個少女，也是一顆星嗎？

我想着，仍舊想着，在這樣的夜。

我聽見了門鈴在響，會不會是美鈴呢？

我立刻開門，呵，是朋友王。

「坐啦！」我對他說。

他坐下。我沒有看見這張瘦長的臉很久了。

「好吧？」我問。

他又是那一套，乏味的生活，選稿、編排、校對……

「你沒有寫稿很久了！」他說。

「我沒有心情寫。」

「想美玲麼？」他笑了。

「不，」我說謊，「她怎樣？」

「她離開了我們的劇團，聽說，也離開了她的學校。」

「她現在幹什麼？」我坐近王。

「我不知道；我只知道，她希望做電影明星。」

我們燃起了煙，增加談話的情調。

「我知道，」王繼續說，「都市的年青人，總是有一點虛榮心的。」

時間繼續溜走。

派早報來的時候，是晨早；街上，報童叫賣晚報的時候，是黃昏。

我讀報，注意娛樂版的消息，希望看見美玲的名字和她的照片。可是，我看不見。

呵！是了，這裏有她的照片！我翻開報紙，這一版是本港新聞。

那真是美玲麼？一個少女自殺！

我拋開了報紙。我覺得讀下去是沒有好處的。事情一定是這樣，一個叫做美玲的少女，希望做電影明星，戀愛了一個男人，他騙了她……

課室

靜靜的，他離開禮堂，一個人，掩開門，關上門，關住了裏面的聲音。裏面正在舉行，這個學期結束的散學禮。他知道散學禮是怎樣的，小學、中學、大學的散學禮都是這樣，校長演講，主任訓話，來賓致詞，向國旗敬禮，唱國歌、唱校歌……奏樂……禮成。

他在走廊上，走着。走廊上沒有一個人，全校的教師和學生，現在，都關在禮堂裏面了。他望下面的運動場，運動場也是空着，地面有一個籃球，大概是學生留下的。風吹來，籃球輕微的移動。

他舉頭，看天空。他喜歡，在休息的時候，站在走廊上，一面吸煙，一面看天空的雲朵。這一次，是最後一次了。他摸出了紙煙、火柴；點了煙，噴出了一個，一個的煙圈。

今天，是晴天。太陽望着運動場的中心，也望着他。他抽着煙，很快，紙煙燒近他的指頭。他拋去煙蒂，繼續走路。

走廊的盡頭，是通到樓上的樓梯，樓上是課室。他走上樓梯了。轉彎的地方，牆上有一面長方形的鏡子，是上屆畢業的同學，送給學校留念的。他在鏡子前面，走過，看見自己了。一張年青的臉，一個年青的人。他很年青，是這裏最年青的教師。今年，他只是二十二歲，很多學生，也有這樣的年紀了。

樓上的每個課室都是空着的，裏面沒有一個人。從封着的玻璃窗看去，裏面的桌椅，很整齊的排列着，彷彿是等待學生來上課。門是關着，沒有鎖。他推開門，走進去。

這個課室，是他的課室。他站在教壇上，站了一個學期了。他認識課室的學生，跟認識他的朋友一樣。他認識他們的臉孔，他們的個性，誰是聰明的，誰是愚蠢的，誰是勤力的，誰是懶惰的。

他知道，每個學生，坐在什麼地方。坐在前排的是女生，後面的是男生。最高大的男生，坐在最後的一排，這樣，不會阻礙別的同學的視線。

現在，他走過每一個座位，回想每一個他教過的學生。他走着，在最後一排的一個座位前面，止了腳步。他知道，坐在這個座位的學生，是高衛國。他最先引起他的注意。

「高衛國！」他點名，那是上課的第一天。

「到！」一個學生，在後排的座位，站了起來。

他看他，高大的身材，黝黑的皮膚，頭髮垂到前額，臉上有汗珠。他認出他。剛才，打籃球的，不是他嗎？他站走廊上，欣賞他射籃的姿態。

「高衛國，你剛才打籃球，是嗎？」

「是，金先生。」

「他是校隊的隊長！」旁邊一個同學說。他身體瘦弱，一張病態的臉，他一定羨慕高衞國。

「我希望你們，」金先生開始，對全級同學說，「無論誰，不要在上課前的十分鐘，打籃球。這十分鐘，你們休息，預備上課。」

學生望着他。他走下教壇。

「你們看，」他指着後面，「高衞國仍舊流着汗，很影響他的學習情緒的。」

坐在前面的學生，轉頭，看後面的高衞國。他垂下頭。

他不再是，整個早晨，打籃球了。上課的時候，金先生再不看見他，拿着手帕，抹前額的汗珠；或是，解開襯衣的紐扣，拿着書，當作扇子，搖着。

高衞國聽從師長的話，不只是金先生覺得，每一個老師都這樣想。他真是一個好學生！每一科的成績，分數最高。很多勤力讀書的學生，往往，忽略了健康，不運動，弄到身體衰弱，走路也沒有氣力。但是，他是學校的籃球選手。

金先生回想，他打籃球的姿態了。他怎樣拍着球，走着，突然停下，用假動作騙過對方的守衞，一躍起，一揚手，球就拋進了籃。很多人叫好，很多人拍掌。

想着，金先生離開高衞國的座位。他走到前排，在一個座位前面，站着。他知道，坐在這裏的，是誰。

那天，一個女孩子，在課室門外，躊躇了很久，然後，走了進來。

她走到金先生前面，遞給他一張便條。她害羞的垂下頭。全級的同學，沒有一個人談話。對於這個新來的女孩子，一定覺得奇怪。

「尹小如就是你的名字嗎？」金先生問。

「是，」她仍舊垂下頭。

「坐這個座位吧！」他指着一個空的座位。這個座位的學生，是為了患病而退了學的。

她就坐下，膽小的，看一看旁邊的同學。

「各位同學！」金先生，開始對全級說，「這位新同學，叫做尹小如。她是從大陸來的。你們知道，這些日子，從大陸來的人，需要溫暖，需要你們的友誼。」

全級的同學，都靜着聽。高衛國站了起來，他走到新同學的前面。

「我是級長，」他說，「我代表全級同學，歡迎你！」

每個人都拍掌。她站起來，勉強的抬起頭，伸出手。他們握手。金先生注意他們臉上的表情。

高衛國回到自己的座位，坐下。課室又靜下。

「我繼續講解，」金先生說。他看見新同學的桌上，沒有書，「尹小如，你的書呢？」

「還沒有買。」

「高衛國，今天下了課，你帶她去買書。你應該幫助她的。」

第二天，她買到書了。她開始跟別的同學一樣，上課的時候，把書本放在桌上，聽老師的講解。她非常留心聽講，讀書也算用功。可是，她的程度太差，應該把她降低一兩級。每個人都懷疑，她在大陸，究竟有沒有讀過書。

她的成績，最壞的一科，是英文。每次，英文測驗、英文考試，她的分數，總是不能超出二三十分。有一次，她還得到零分。

「金先生，怎辦呢？」休息的時候，她走到教務處，「我的英文，總是這樣。」

「你以前沒有學過英文嗎？」

「沒有。」她搖搖頭。

「我想想，」他抽着煙，「看看有什麼辦法。」

他想到了。

「各位同學，對於那些英文不及格的同學，我想到了一種補救的方法。這種方法，我做學生的時候，曾經實施，結果非常成功。希望你們也成功。方法是這樣的，由一個英文好的同學，負責指導一個英文差的同學……」他繼續讀出一些同學的名字，由誰教誰，「高衛國，你教尹小如！」

高衛國微笑，點頭。

休息的時候，金先生在走廊上，走過，看進課室裏，總是看見，高衛國坐在尹小如旁邊，桌上是一本書，一本英文書。他在教她。

她的英文，漸漸，長進了，上課的時候，她可以一個站起來，單獨讀出課文；她也可以寫一些普通的句子，「我是一個女孩子」、「我每天上學」、「我們的老師很慈愛」。

「高衛國，」金先生對他說，「這是你的功勞。」

下了課，他們兩個人一起走着。

「不，」他搖搖頭，嘆了一口氣，「金先生，關於她，我想，跟你談一談。」

「什麼事？」

「她不要我教她了。」

「為什麼？」他覺得奇怪。

「我也不知道為什麼。我實在教得不壞，每天，我都教她，從來沒有間斷一天。她的功課進步了。」

「也許，她以為自己的功課進步了，就不應該再花你的時間。」

「不，一定不是這個緣故。」

「我問她。」

這天，是星期六。明天，是星期日。

星期日沒有課。金先生舒適的躺在牀上，遲遲不願起來。這是一個美麗的早晨，風吹動窗帷，陽光在窗外，在街上遊戲。

他聽見教堂的鐘聲，單調、莊嚴。他想到教堂，想到學校的鐘聲，想到他的學生。最先想到的，是尹小如。她現在不害羞了，她是一個活潑的女孩子，好動，愛説笑。這裏對她，沒有半點縛束，她可以自由的，去做她喜歡做的事情。

「你看，」她對同學説，「我胖了。」

她真的胖了。玫瑰色的臉頰，跟以前的，沒有血色的，蒼白的臉比較，簡直是兩個人。

男同學喜歡她，他們為什麼喜歡她呢？他想。他回想她的臉了。

「我美麗麼？」有一次，她突然問他。校園裏，他們的周圍，沒有人。

他看她，第一次，在陽光下，清楚的看見她的臉。

「一個教師，是需要用功的學生，不是美麗的學生。」

「金先生，你不需要，又用功，又美麗的學生嗎？」

他沒有回答，無疑的，她是一個又用功，又美麗的學生呵！

「金先生，」同居在房門外，說，「有人來看你！」

他抬起頭，仍舊在牀上，穿着睡衣。

「等一等！」他說。

那個人等了一會，就進來了。門一開，進來的是尹小如。

「金先生，早晨！」

「早晨！請坐！」

她就坐下。他看見，她的手拿着書，一本英文課本。

「你的翻譯做好了沒有？」他問。

「還沒有。」她說出來意，「有些地方，我不懂，所以，來請教你。」

「你應該請教別人的。」

「金先生，你沒有空嗎？」

「今天，我有空。但是，為什麼你不問高衛國呢？他負責教你的。」

「唔，我不要他教我！」

「我不明白。他教你，不是很有成績嗎？」

「他不是教人的。他總是說，一些糊塗話。」

「我不相信。他是一個好學生，怎會做糊塗事，說糊塗話。他究竟說什麼？」

「我不說。你自己問他吧！」

他就問他。

「沒什麼。」他總是這樣回答。

可是，他變了。早上，他不打籃球；下課的時候，他呆着，不跟同學說話，上課的時候，不聽講；有一次，金先生還看見他打瞌睡。

「高衛國！」他叫醒他。

他驚醒，抬起那張蒼白了的臉。

「我剛才說什麼？」

「金先生，對不起……我……我，沒有聽。」他站起來。

「放學後，請你留步。」他對他說，「坐下！」

鐘打響了。這是放學的鐘聲，一天裏，最後的一次鐘聲了。學生從課室，湧出走廊。走廊完全是人了，人太多，你碰我，我碰你。

課室裏，留下兩個人。

「現在，告訴我，」金先生走近他的學生，「究竟是什麼事？」

他垂下頭，用力的搖頭，沒有回答。

「你完全變了！」金先生又說。他仍舊沉默，沒有說一句話。

「是為了尹小如嗎？」

「你怎知道？」他連忙抬起頭，那張蒼白了的臉，缺乏睡眠的眼睛，眼角彷彿有淚。

「年青人，」金先生伸出手，放在他的肩上，「不應該讓這些事情，阻礙你的學業。你還年青！」

「你自己也不是年青人嗎？你卻裝着老師的臉孔，教訓我們，不要做這些，不要做那些！」

「高衛國，你怎能夠這樣說！」

「我為什麼不能這樣說，金先生，老實說，你每個星期日早上，讓尹小如到你那裏，誰都知道你們幹什麼！」

他怎樣說呢？他怎樣替自己辯護呢？他立刻轉身，一步，一步的離開課室，走廊上，人散去了，只有他一個人，響着單調的腳步聲。

星期日，又來了。

跟每一個星期日的早上一樣，陽光、寧靜、教堂的鐘聲。尹小如照常來了，她是一個好學生，聰明、用功讀書，她的英文非常進步了。

「Good morning!」她走進來。

「You are late this morning.」，金先生抽着煙，等待她來的。

「對不起，我忘記起來。早餐沒有吃，我就來了。」

「尹小如，」他嚴肅的告訴她，「下星期，你不要再來了。如果你有什麼不懂的地方，你可以請教別的老師，和同學。他們一定樂於幫助你的。」

「但是，為什麼呢？」

「不要問。聽我説，下學期，我不教你們了。我發現自己，不適合教書的。」

「呵，我明白了！那是由於那天的事。每個人都以為，高衛國不應該説這樣的話的。」

「我不怪他！」

「那麼，你管他什麼！」

「不，我決定不幹了。」他把煙蒂抛在地上，用腳踏熄火點。

地面上，有幾頭煙蒂。他注視煙蒂，注視了很久。然後，他舉頭，發現自己仍舊站在課室裏。課室裏，除了他，沒有別人。

他看黑板，黑板擦得乾淨。幾天以前，他還在黑板上，寫過字。他看教壇，教壇是空着，幾天以前，他還是站在那裏，講解書本的內容。

這段日子完結了，他告訴自己。

他不願意離開課室。他踱着，踱來，踱去。

他看手錶，想，為什麼散學禮還沒有完呢？

忽然，傳來熱烈拍掌的聲音。他知道，這時候，一定是校長頒發獎品。這一班的學生，高衛國一個人，領兩個獎，一個是學業獎，一個是體育獎。

「金先生！」一個少女的身影，在門邊出現。

「尹小如，你不是在禮堂嗎？」

「我溜了出來。」

「你應該在禮堂，看高衛國領獎的。」

她看着他。他看着她。

「金先生，你真的要走麼？」懇求的目光，挽留他。

「是的，我現在就走了。」

「我可以陪你走一段路麼？」

「不用了。」他在她的身邊走過，「你應該回到禮堂。記着，高衛國是一個好學生！」

他就離開課室，經過走廊，走下樓梯，走到運動場。他站着，轉頭，向上面看去，看見她仍舊站在課室門邊。他想，她的眼，有沒有淚呢？

列車

轟隆隆，轟隆隆，轟隆隆……

火車開動。車輪在鐵軌上轉動，動作由慢而快，聲音由緩而促。但都是相同的聲音，沒有一點轉變，儘管這已經不是去年，也不是十年前。時間的流逝。而聲音仍然存在，而且是相同的，依舊是轟隆隆，轟隆隆……聲音長響着，時間就沒有了。看手錶，秒針不停跳動，正如車輪不停轉動一樣。火車開動的時候，是四點正；現在是四點十分了。十分鐘就這樣在轟隆隆中流逝，為什麼十個月，十年也就不是如此？

如此的時間，如此的人生，他們就在其中如此這般的邂逅，然後又如此這般的分離。記得分離那天早上的濃霧，和霧中欲哭無淚的姿影；他自己也站在霧中，雙手握成拳頭，控制自己的情緒，不來一次最後的擁抱。他現在張開手掌，看見掌中的汗珠，正如那天早上她髮上的露珠一樣。他想起那天早上他沒有抽煙，他那時不懂。後來就懂了，因為一縷煙的消逝，像一段往事的消逝。他就摸出一包紙煙來，啣上一支，向打火機俯下頭，點了火，向窗外噴出一口煙。

窗外正值春天。春天的開始，但田野和遠山仍舊沒有開始新綠。今年春天是遲來的，不像那年。那年春天一早就到來，而且來到他的心上，和每個跟他同樣年輕的人們心上。他無法分辨車廂中的女孩子美還是窗外的風景美。她就坐在那裏，他前面第三排的椅子，現在空着的椅子。跟她同坐的也是一個女孩子。她們一起談，一起笑。就在談笑之間，她不覺移轉臉孔，使他在後面看見她的側臉，潔白的牙齒和緋紅的臉頰。這是在回憶中他最先想起的印象。他繼續想起那天的天氣，和老是掛在窗外的一朵雲。

火車一走出山洞，陽光有點刺眼。這是一個二十七歲男人的眼睛。他看着在鐵軌旁邊展開的熟識田野，和遠處低矮的屋子，知道這就是沙田，郊外的第一個車站。火車由慢駛而停下，停止了轟隆隆，這個車廂中他是唯一的乘客，他不下車，就沒有人下車了。也沒有人上車，仍舊是他一個人。多麼單調而孤獨呢！跟那天他們的旅行就完全不同啦！

他記得他們那次旅行的地點正是沙田。在回家的途中，他和她已經像是好朋友了。他坐在她旁邊，而本來跟她同坐的女孩子跟別一個認識的男孩子同坐了！他們玩了一天，但沒有半點倦容。十六歲和十七歲的少年是不懂得疲倦的。相反地，他看見她被陽光照過的臉頰因興奮而更加緋紅了！他也興奮着跟她談詩，談小說，談文學。

一切都帶回他們關於夏天的回憶。一次感情的會面。一次又一次長久的通訊，又會面了，火車鐵軌的一旁是他的學校，另一旁有一個小沙灘。他就帶她到小沙灘上去散步。在夏天，他們不是有很多次在沙灘上散步嗎？他如同一個小孩子那麼頑皮地踢着沙，正如海風頑皮地翻起她的裙腳。她臉紅起來。臉紅的時候，她更美，美得難以忍耐，況且沙灘上除了他們沒有別的人。於是，他不覺埋頭陶醉於她予他的美感，於是，陽光燦爛得紅透半邊天，山在動，海在動，沙粒飛揚，雲塊流動……

他們的心也在流動，那是兩顆多麼年青的心呵！心跳響了很久，呼吸然後平靜，他們坐在一塊石上，遠望剛才在動的山和海，她的手放在他的掌中，像山投影進海裏一樣。語言是多餘的，他們不說一句話，只是偶然不約而同向對方轉頭，交換一個比蜜糖更甜蜜的微笑。她伸手掠一下頭髮，他伸腳輕襯下腳邊的細沙。

這樣心的流動，忘記了時間的流動。回去的時候，時間已是黃昏。小沙灘上他們有長長的長長的人影，凹凸不平的沙灘上，印下了凹凸不平的人影。影子走動，握着手而走動，走出了沙灘。他站着，轉頭看身後海水中的落日，和停泊在旁邊跟落日同樣單調的孤舟。他覺得一切都是跟他初來時兩樣的。他覺得一切都美。而最美的還是他心愛的女孩子。

但這種突然的轉變令他不解。他搖頭，啣上第二支紙煙，很容易就點上了火，因為沒有風隨着火車向前衝而吹進來。火車停下。這個車站是大埔了。他想下車，到各處去走走，他沒有到大埔有好幾年了，自從那一次他到一所小學去看她就沒有再來。

那是他進了大學一年，她也中學畢業了。本來，她的家庭環境是可以讓她繼續升學的，她自己也愛讀書。她卻不開學。不知道為了什麼緣故，她教起書來，而且在那些學校教書。那所學校外表看來像一家古老大屋，屋頂傾斜，式樣陳舊；裏面的房子是用木板分隔的，在那些課室裏教書，隨時可以聽見鄰室的聲音。全校只有兩個梗房，一個是校務處，一個是客廳。

他在客廳等她下課出來。客廳的牆上有一幅他們主席的肖像。看第一眼就引起他的反感；第二眼看見放在桌上完全是屬於他們陣線的報紙和雜誌，更加引起他的反感。他希望她早點下課，也悔恨自己太早來。在他渴望而等待的時刻中，打響了幾下鐘聲，和孩子們衝出課室的吵鬧，廳子的門邊就出現了一條深藍色的影子。

這就是她麼？這個剪去了長髮，身上穿上一件寬闊的深藍色旗袍的女人就是她麼？就是愛美的她麼？他連忙站起來，走過去，第一個動作就是注意她難看的的頭髮，短而直的頭髮。你的長髮呢？你的髮本來是那麼柔長那麼烏亮，那曾經閃耀陽光月光星光的長髮此刻在哪裏呢？誰的手那麼殘忍無情剪去你的頭髮？你把自己弄成這樣子呵！

她說出一番道理：節儉、樸實、外表的美只是物質享受的浮影，給予人們空虛的感覺……她竟然悔恨愛美的過去和愛美的天性。他沒有跟她爭辯，只有黯然離開。以後，他再沒有到那裏去看她了。他們仍舊通訊。從她每次的來信中，他都發現那些跟以前的是兩樣了，正如她的文章是兩樣一樣。

她寫詩，不再是純粹為了表達自我的心境，以及對外物的感受與反應。她只知道歌讚勞動，歌讚人民，就把本來是獨出心裁的創作變得千篇一律，像一個沙漠，一片枯黃的荒原。他不知道多少次苦口婆心了。無奈他朗聲的勸告，在她聽來是低沉微弱。他的勸告是一滴不能改變沙漠的水，一片不能改變荒原的葉。

她的詩內容與形式的改變，發表的出路當然也有改變。她改了另一個筆名，把作品投寄到統一的陣線，統一的報紙和雜誌。她由於投稿的關係，認識了不少新朋友。她寫信來告訴他，那正如以前她認識他一樣。又有一次她寫信來，說約好了幾個新朋友去旅行，請他也參加。他參加了。旅行的地點是粉嶺，那裏有一家已經公開而大眾化了的寺院，一個訓練騎師有馬騎的跑馬場。他參加的目的目的並不是為了要到那些地方。他只是想見見她，實在沒有見她很久了，並且藉着這個機會，他想接觸她的新朋友，以滿足他的好奇心。

他想不到她的新朋友是那樣的年青人：頭髮蓬亂，鬚長，衣服骯髒，態度不客氣也不拘束，一開口就滿口什麼主義什麼主義。他聽不慣。一早就想離開他們。到了下午，他就推說有事，趁下午第一班火車回去，她不挽留他，熟知他的個性是挽留不來的。她只有送他到火車站。一路上，他看出她想跟他一起回去，無奈又害怕他們會給她什麼批評。火車將開行的時候，她似乎面臨選擇：他們還是他呢？

火車現在到了粉嶺停下，他不禁掉過臉來，凝望那天她站立的地方。那是一塊陽光照不到的樹蔭。是的，她就站在那裏了，向他搖搖手，目送載着他的火車開行。為什麼她不跟他一起，而回到他們只懂得吶喊的隊伍呢？盲目的鼓舞怎能夠代替愛情？

也許，她不再需要他的愛情了。對他，這固然是一種痛苦；但他仍舊希望她需要別人的愛情，再從愛情中獲得幸福，他希望她幸福。為什麼她相信到遠方去才找尋到她的幸福呢？為什麼一定要離開自己的家，和家人；離開自己出生的城市，和城市裏的朋友？

他不明白。火車，你送走了那麼多的人，你明白嗎？火車也不明白，它只顧用轟隆隆轟隆隆的單調聲響回答他的問題。火車就這樣遠去了，離開了粉嶺，向上水直駛。到了上水，他知道下一個站就是羅湖了。……羅湖一別，她在他的心上就成為永別了。

再沒有接到她的信，再沒有聽到她的消息，更沒有再讀到了她的詩了，除了他為她保存下來的。那是最能夠代表她的才華，和過去對他懷念的詩。這是藝術，這是生命，這是愛情。這是時間的流水無法沖淡他們感情的遺跡。遺跡印在他的心上，寫在詩中，利用火車轟隆隆的聲音傳送出來。

轟隆隆，轟隆隆，轟隆隆……

凋殘

不知道是晨早，下午，還是黃昏，她醒來，帶着矇矓的感覺，室內的光，是燈光，還是陽光呢？如果，是下午，這裏是應該有陽光的。她抬頭，看清楚，吊着的燈，是亮着。

那麼，這時候，是晚上了。

牀的旁邊，是桌子。她看桌上的鐘，四點四十分鐘。鐘一定是壞了，這個鐘，是常常壞的，有時，走得太慢，有時，走得太快；有時，完全不走。鐘壞了，現在，應該是晚上的時間。

不，鐘沒有壞，現在，正是下午，媽買菜去了，留下她一個人在房間。今天，不是晴天，沒有陽光，一絲陽光也沒有。媽亮了燈，然後出去的。她習慣在陰暗的白天，扭亮燈。

燈光下，她可以看見室內的一切，一張桌子，兩張牀，一張是媽睡的，比較細小，一張是她睡的；她的牀的對面，是一座衣櫃，衣櫃有一面長方形的鏡子。她看見自己了，長長的頭髮，蒼白的瘦臉。

以前，她沒有患病，不是這樣子的，那時，她年青而且健康，整天跑路，整夜跳舞，也不覺得疲倦。跟別的女孩子一樣，健康帶給她愉快，她曾經，在陽光下，對藍天白雲微笑；在月光下，對她的戀人微笑。
可是，她卻病了。她患的是肺病。
醫生說，一個月，病就好了，一個月過去了。
醫生說，半年，病就好了。半年過去了。
她仍舊睡在牀上。
咳嗽着，她想，今天，她睡了多少時候呢？
她記得，她曾經醒來，看見整個屋子，都是黑暗，沒有燈，聽見了她咳嗽，媽也起來。她聽着，媽走過來的腳步聲。
「媽，是深夜嗎？」她還問。
「睡吧，天快亮了。」
媽錯了，天哪裏亮呢，這是一個陰天，跟日落以後，一樣陰暗。
「媽！」她不覺叫了一聲。
沒有人應，媽還未回來。
屋子裏很靜，除了風搖曳窗帷，沒有別的聲音。有的，只是外邊傳來的，下面是一條熱鬧的街，快走的是車輛，慢走的是行人。
她看窗了，風一吹開窗帷，就露出一角天空，如果，是晴天，可以看見一朵飄浮而偶然停下的白雲。今天，卻沒有白雲，只有一片灰色。
也許要下雨了，她想。

雨就下吧！毛細的雨，飄忽的雨，粉一樣的落下，輕微得你幾乎不能感覺到，天在流淚。

「我喜歡這樣的雨。」她說，踏着黃色的泥路，看着前面綠色的田野。

「我也喜歡。」他對她微笑。

「你看，」她伸出手掌去接雨。

「雨會大起來的。」他注視天空。

「我不怕！」她挺着身子。

「你會着涼的。」

他知道她容易着涼，被風吹一吹，被雨滴幾滴，她就着涼了。

「這次，不會着涼，」她說，「雨不大。」

雨漸漸大起來了，一點一滴的雨，隨着風，斜斜的落下，落在田野上，落在黃色的泥土路上，路變了軟溼的泥濘；落在他們的頭上，她衰弱的身體上，她發抖了。

「我們避雨去！」他說。

往哪裏避雨呢？這裏不是市區，沒有房屋的騎樓底，沒有屋簷。這裏沒有房屋，一間細小的房屋，也沒有。

「那邊有一株樹！」他看見。

他們走過去，那是一株大樹，樹枝和葉子，可以當作傘子，雖然，葉縫仍舊有雨點滴下，滴在她的臉上。水滴在臉上，慢慢流下來，像淚。

「你冷麼？」他問。
她沒有説話，搖搖頭。她在發抖，她冷呵！
他們依偎着，他用自己身體，去溫暖她的身體。
這樣持續了很久。
當他們聽見了鳥叫，知道雨是停了。
「雨停了嗎？」
「來！」他已經離開樹蔭，「雨停了！」
可是，天空仍舊是陰暗的，沒有一點睛意。他們立刻回家。
第二天，她開始躺在牀上了。她咳嗽。
她現在也咳嗽。
睜開眼睛，房裏沒有一個人，媽還沒有回來。
為什麼媽還沒有回來呢？她看鐘，媽應該回來了。
她看窗，窗外，沒有雨，只是灰色的天空。
她看窗前，呵，她看見了什麼！她看見，窗前的花瓶有一束花，一束大朵的紅色的玫瑰。她沒有嗅覺到花香，很久了。
她多麼愛花！每朵花都香，每朵花都美。白色的花，象徵純潔；紅色的花，代表一顆心，代表愛情。
這一束玫瑰，會不會是他送來的？這是可能的，他來，看見她睡了，放下花，靜靜的離開。留下花，讓她知道，他已經來過。

他知道，她愛花。

「我最愛花。」她對他說。那天，他們在公園散步。

「什麼花？」他問。在一叢花前面，他們止了腳步。

「所有的，白色的花。」

「你為什麼愛白色？」他注視她白色的短裙。

「呵，白色！天空的雲，」她抬頭，剛有一朵雲，「北方的雪，聖母瑪利亞的衣服。」

她病了，她躺在白色的牀上，四周是白色的牆壁。

第一次，他來，留下白色的菊花。

第二次，他來，留下白色的劍蘭花。

第三次，他來，留下白色的玫瑰。

沒有第四次，他不再來了。他不來，一封信也沒有寫來，一個電話也沒有打來。

「他變了！」媽說。

不，他不會變的，他忙吧，她想。

她等他來，躺在牀上，計算時間，一天，兩天，三天，四天，五天……他還沒有來。

「忘記他吧！」媽教她。

她怎能忘記他呢？他的微笑，他說話的聲音，走路的姿態，他怎樣緊握她的手，怎樣撫摸她的頭髮。

她不能忘記他。

人家說，誰會愛一個臥病、身體衰弱的女孩子呢？對他，那是不公平的，他不是那樣的人。

「無論怎樣，我也愛你的。」他對她說。那是一個繁星的夜。

「真的嗎？」

「星星做我們的證人。」他舉頭看星。

她也舉頭看星了。

那麼，他已經來了。這一束紅色的玫瑰，是他留下來的。

她想像他了。

這條街的街頭，有一個老婦人，賣花的。他一定在花檔前面，站着賞玩每一種花。

「先生，買花嗎？」

他點頭。

「買花送給姑娘嗎？」

他微笑。

「買玫瑰花吧，這些紅玫瑰，新鮮而且美麗。」

他就買了花，大朵的發紅的玫瑰。現在，放在窗前的玫瑰。

她想下牀。推開了被。

有開門關門的聲音，媽回來了。她認出她的腳步聲。

房門推開，一個四十多歲的女人，走了進來。

「媽！」她立刻說。

「你要什麼，一杯茶嗎？」媽看見，她要下牀。

「不，我只是想看看那些玫瑰。」

「花真美！」

「是誰送來的？」她問。

「沒有人送來，是我買的。」

聽見媽這樣說，她失望了。那麼，他沒有來過，他也許永遠不來了。

她再次躺在牀上，蓋好被。

「媽，」她咳嗽，「我的病會好嗎？」

「當然，會好的。」

「不，不會好的了。當那些玫瑰，」她看着花，「凋殘，花瓣一片片的落下，花瓣落盡，我就死了。」

「別這樣想，你是不會死的。」

「我會死的。」她又咳嗽。

她想着死。死，是怎樣的呢？死亡就跟睡眠一樣麼？睡眠有夢，死亡也有夢嗎？

夢是美麗的，比花朵還美麗。夢中，他擁抱着她……

去死吧，死亡只是不醒來的睡眠，不醒來的夢。

每天，她醒來，總是告訴自己，她還沒有死。她仍舊可以說話，跟媽說話；她仍舊可以思想，想他。

她看，窗前的花，花仍舊開放着。

今天，他來吧！他不來，也會寫一封信來。他的信，一定是這樣寫的……

我沒有來，但是，我想你。每天，每點鐘，每分，每秒，我都想你。你的病好了；你健康，而且愉快。我想像，現在，你已經可以站在窗前，呼吸清新的空氣，沐浴着陽光……

「媽，有我的信麼？」

「沒有。下午，我出去的時候，看過門邊的信箱。」

下午，媽出去了，又回來了。

「媽，你有看看信箱麼？」

「沒有你的信。」

每天，媽出去，回來的時候，她總是問。可是，回答總是一樣：沒有信。

她更加憔悴了。

花開始憔悴了。玫瑰花，紅色的玫瑰，愛情的花朵。

花瓣一片片的落下，落下……

一個又一個的故事

一個家

我先介紹一個家：這個家跟別人的家，沒有什麼大分別。家裏的主人，有父母子女；主人以下也有好幾個傭人。女傭人做屋子裏的工作。男傭人只有一個司機，他每天的工作，是送孩子們上學，送孩子們的父親上班。

做父親的黎先生，是一個五十開外的商人。看來，他的外表比年紀還長，頭頂已經光禿了，這是他喜歡戴帽子的原因。但帽子只能掩蓋他的禿頭，額上的皺紋是無法掩蓋的，正如它不能掩蓋黑中帶白的眉毛。眉毛下的眼睛，也失去年青日子的光彩了。

他實在勞碌了三十多年，才賺到了現在所獲得的金錢與名譽。那是值得的麼？他從來不去想這個問題。事業以外的問題，他不會想到的。關於戀愛和婚姻，他不大理會，他認為這些事情，只是人生的過程，決不是人生的目標。他沒有經過戀愛，就結婚了。

嫁給他的是一個寡婦，她帶着一個四歲大的女兒，嫁給他的。他們結婚的時候，他是三十三歲，事業正當扶搖直上。那一年，他又升了一級，已經是副經理了。生活開始安定。看見公司裏的同事，三十歲以上的，所有都結婚了。他也就結婚。

後來，他回想自己的婚姻，總是無法分析當時的情感，是由於愛她還是憐她而跟她結婚呢？他們的認識，並不偶然，更不是傳奇。是一個知道他想結婚的同事，介紹她給他認識的，那時候，她的生活很苦。女兒幼小，母親要照顧她，不能找一份謀生的工作。命運沒有讓她一個選擇的機會，生命唯一的途徑就是結婚。

他們婚後的生活很愉快。黎先生一下了班就回家，晚上謝絕一切應酬。在家裏，有一位美麗的太太，和一個天真活潑的女兒，不是比較外邊溫暖得多嗎？他喜歡逗女兒笑。這個不是他親生的女兒，他把她當作親生的了。她名叫秋心，也跟繼父姓黎了。

五歲的秋心開始讀書，聰明伶俐，老師稱讚她，父母更稱讚她了。在同年，她的弟弟出生了。第二年，她的妹妹出生了。有了弟妹，父母對她的態度改變了。母親整天忙着看護孩子，就忽略了她了。以前，父親逗她笑；現在，逗她的弟妹笑了。

人漸漸長大，懂事了，她明白父母愛弟妹，是多於愛她。有些時刻，當她負了氣，為了弟妹而責罵，她一個人躲在房子裏，甚至相信父母完全不愛她。為什麼呢？父親對弟妹偏袒，還是情有所鍾，因為他們是他親生的。而她到底是母親的骨肉，母親不愛她就太不近人情了。

黎太太並不是一個不近人情的人。她們母女之間的距離，可能是由於秋心的性情。她的性情跟別的少女很不相同的。年輕的少女，總是喜歡高興熱鬧，好動，入水能游，出水能跳。她卻什麼也不喜歡。星期日，黎太太帶孩子們去看電影，每次總是要她一起去的；她每次都不出門，寧願躲在家裏，聽音樂和讀小說。

就在音樂的旋律，或翻動書頁中，時間在空氣中流逝，像音樂的流逝，青春的流逝。她不是太年輕了，今年她是二十三歲了。這是女性談論戀愛，計劃結婚的年齡。但她不知道，一點也不知道，什麼是戀愛，什麼是結婚。即使友誼她也不懂得。她沒有朋友。別說男朋友，就是女朋友她也沒有的。在學校，沒有一個同學來看她，她也不去看他們；她們的活動，沒有一次她參加。離開學校，她在黎先生的洋行工作，工作的時間很短促，不到兩個月，她覺得不感興趣，就不幹下去了。這一個多月的短時間，她不認識一個同事。一離開了他們，就連他們的姓名和臉孔也記不起了。

不工作，不讀書，她閒來躲在家裏，少吃飯，少說話。你問她現在憂愁麼，她搖搖頭。你問她將來打算什麼，她又搖搖頭。看着女兒在寂寞中開始衰老，二十三歲像三十二歲了，做母親的黎太太着急了。她像每一個母親一樣，希望女兒幸福，找到了幸福的寄宿。為什麼女兒偏不想到自己的幸福呢？

她整天整夜在想什麼？獨自憑欄，樓頭小立，她簡直是舊小說中的人物造型，而生活在新小說的世界。這個世界裏，再沒有林黛玉那類弱女人了。時代的男人不喜歡這些女人。黎先生夫婦曾經帶一些男人回來，介紹給她認識，包括一個大學生，一個海外歸來的華僑青年，一個黎先生的下屬。在他們眼中，這些都是有作為的高尚青年。無奈他們對她臉上的愁雲不感興趣；她也不喜歡他們。

黎先生不再理會她了。他忙着賺錢，忙着關懷親生子女的學業和健康，當然沒有餘閒的時間去想到秋心了。秋心也不介意。介意的只是她的母親。黎太太明白了介紹男朋友給她認識，不是成功的辦法；就從事另一個新辦法。她帶女兒出門，尤其是參加宴會。即使她不高興，也勉強她去，希望熱鬧的氣氛可以改變她孤獨的性情，也可以使她認識一些朋友。說不定，有一個陌生的年青男人，看中了她；然後，愛上了她呢！

但是，在很多個晚上，宴會剛開始，很久才完結，她就以頭痛為藉口，要先回家去了。母親只有讓她回去。熟識的主人也不會熱烈挽留她，熟知她的脾氣，明知是挽留不來的。她就溜了出去，離開了歡笑與談話，與酒杯相碰的單調聲響。送她們來的汽車，放在門邊。她上車。司機阿才正在打瞌睡，關門的聲音吵醒了他。他轉頭，看見是大小姐，就不用她說一句話，已知道她要回家了。他就開車。車送她回家。

有些晚上，女兒和母親回家的時間，是相距幾小時的。如果黎太太搓麻雀，就一定搓到深夜了。就在這幾小時當中，在他們的家中，發生了一件不尋常的事。

一件事

第一個發現這件事的，是全屋最年幼的小弟弟，一個九歲大的頑皮孩子。除了父親、母親、和大姐姐，他不聽從任何人的話。那天晚上，母親和大姐姐赴宴去了；父親也應酬去了。他就自由了。傭人要上牀去睡，當他的哥哥和姐姐已經回到自己的睡房了。他上牀，蓋上被子，假裝入睡。一會，當他聽不見聲音了，知道傭人走開了；

他偷偷的跳下牀來，披上掛在牀邊的厚絨晨褸，就溜出了房子，想着要在夜裏冒一次什麼險呢！

放輕了腳步，像一頭小貓似的，他經過走廊。走廊的燈光很暗，地上的影子也很暗了。旁邊的飯廳沒有透出燈光來，裏面一定沒有人。孩子們的書房也沒有燈光，也一定沒有人，姐姐和哥哥都做了功課了。走廊盡頭的廳，卻仍舊有燈光。他在門邊躲了一會，縮起了脖子，聽見裏面有微弱的聲音，知道傭人在整理地方了。他就不敢走進去，轉身走下樓梯，走到樓下的花園。

花園沒有一個人。下午和黃昏的熱鬧，隨着陽光的消逝，消逝了。他踏着草地，記起晨早曾經在這塊草地上，跟年輕的哥哥和姐姐，互相追逐。現在追逐他的，就只有他自己朦朧的影子。那是由於樓頭透出來的燈光。客廳的燈光很微弱，使他看不見水池中的游魚。游魚不游泳了，去睡了。為什麼他還不去睡呢？

這是他睡眠的時間。是的，他打呵欠了。但他仍舊揉一眼睛，繼續他的冒險，拖着疲倦的身子，走到草地的那邊。那邊有一扇小門，是通到車房去的。就是在車房的門邊，他發現了一件秘密。他坐在門前的小臺階上，聽見了下面談話的聲音：

男：你猜，他們以為你逃往哪裏去了？

女：我說頭痛。媽一定以為我躺在牀上。

男：但你卻躺在……

女：我不躺！

男：不躺又怎樣？生氣了嗎？我們的大小姐，真是對不起！要我跪下來認錯嗎？

女：如果我真的要你跪呢？

男：我就立刻跪！那是真的。你要我做什麼事，我一定做到。我從來就對你百般依從。我只是一個受薪的司機，當然要服從你們。而且，我很愛你的！我來的第一天，一面跟黎先生在廳子裏，談薪水和工作時間；我一面注意到坐在沙發那邊的你了。那天你的打扮是一套花布短衫褲。在我看來，不相信你是大小姐；我以為，你只是一個體弱多病，而膽子大，竟然跟主人一起坐在廳子沙發上的婢女。

女：我記不起那天。但記得後來的事情，我曾經分析自己，為什麼自從你來了，我喜歡坐車子呢？以前，我是不喜歡坐車的。面對着爸和媽，又沒有話跟他們談，只是你望我，我望你，真討厭！短的路程，我就寧願走路。

男：後來，我來了呢？

女：我就多坐車啦！而且，改變了我坐的位置。以前，我坐在前面的。現在，我習慣坐在後面了。你知道為什麼嗎？

男：你講出來，我就知道。

女：我講出來，你會笑我嗎？唔，你一定笑我的……那就是因為我喜歡從後面你的闊肩膊注視。你這個……這個闊肩膊……

男：別說了，我聽見聲音。

聲音是小弟弟站起來，不覺碰一下木門的聲音。幸而他們相信，那只是風聲。晚上的風大，可以吹動木門。他們就沒有走出來看看，這個小孩子就平安回到屋子去了。剛才，他聽見的話，只是聽懂一半，就記着那一半，其他的他記不起了。

到了第二天早上，他幾乎什麼也忘得一乾二淨了。但到下午，下課回到家，下車的時候，他又想起那回事。應該對媽媽說嗎？他想。帶着躊躇，他走進廳子。黎太太正坐在沙發上看報。他一走進來，她就放下報紙。沒有報紙掩蓋她的臉孔，臉孔被兒子看見了。看着母親的臉孔，他向她走近。臉色和沉默的表情，告訴他，母親不高興。

不高興的原因，就是為了他。原來昨夜傭人知道了他的秘密，正如他知道了姐姐的秘密一樣。傭人知道，母親就知道了，現在要責罵他了。他是一個聰明的孩子，立刻想出了一個將功贖罪的方法，立刻在母親的耳邊，低聲講，講昨夜他聽見的，記起的一切。

黎太太半信半疑。她信，因為這個孩子雖然頑皮，他從來沒有說一句謊話的。她疑，也有可疑的理由，一個像秋心這樣性情孤僻，失去青春活力的二十三歲女人，可能突然戀上一個男人嗎？一個不值得戀上的男人，沒有學問，沒有金錢，沒有社會地位的司機。

半信半疑的她，當然要盡力去明白事情的真相。就在另一個晚上，秋心又說頭痛，要先回家。當她一離開了宴會，黎太太就麻雀也不搓了，她連忙走到窗前，看下面的街，看見女兒在街上出現，用輕快的腳步，看來不像頭痛的，走近自己的車子，然後，司機阿才微笑着推開車門，他自己下車，殷勤的扶她上車，車就開了。

黎太太看見車子遠去，她自己也向主人道歉，說有要事先回家。她在街上，叫了一部街車。她故意不在門前下車，恐怕引起屋裏的人的注意。在街頭，她就下車了。走了一段不遠的路，她走到了門前了。花園的鐵欄在黃昏已經下了鎖，她有匙，就開了鐵欄，走了進去，不作聲，不驚動一個傭人。她不走進屋子，一直走到車房的門前。果然，在門邊聽見有一男一女在談笑的低語，正如那一夜小弟弟聽見的一樣。

她站了好一會，才推開木門，門前的幾級石階是引到下面的車子去的。她走下石階。車子裏的兩個人，聽見了聲音，連忙着慌的走了出來，看見是黎太太，他們的臉上更加着慌了。秋心只有垂下頭，不說一句話。阿才也臉紅紅，身子在戰抖。

「黎太太，你回來了嗎？」他口吃吃，「我……我不知道……你那麼早回來……現在，現在還要用車嗎？」

「不用了。」說了，她轉身就走出了車房，穿過花園的草地，走回了屋子。

黎先生不在屋子，他仍舊沒有回來。她焦急的等待他。到了深夜，他到底回來了。參加了一個老朋友的生辰宴會，笑了很多，飲了一些酒，回到家，心情非常高興。但當他聽到了那件事，高興的心情飛到九霄雲外了。他們兩夫婦，一夜都沒有睡。

秋心也沒有睡，她躲在房子裏，在牀上哭了一夜，沒有人知道她在哭什麼，為了自己，還是為了別人？

一個人

她需要的只是一個人，一個男人，一個異性朋友。這是黎先生找到的結論。但為什麼偏偏選擇了一個司機呢？別人的司機還不成問題，自己的司機就太笑話了。幸而秘密揭發得早，如果拖延下去，他們的感情深刻了，就不容易把他們分開了。不分開也是不可能的，一日讓別人知道了，怎辦呢？壞消息比好消息傳得快，這就成了鄰居和親戚朋友的笑柄了。

這就是他最憂慮的。他苦着臉，絕望的告訴了我一切。我不明白他為什麼要告訴我。我只是一個不懂事的年青人，不能夠幫他什麼忙的。今天，是他約我來的。顯然，是為了這件事。

這件他們黎家的事。黎先生是我的姨丈，一個我比較多接觸的親人。我喜歡跟他談話，聽他講自己的過去，過去幾十年來的生活。我從他的人生經驗中，可以增加了自己的知識。我最記得那些黃昏，我跟他一起坐在廳子的沙發上，坐的位置面對着玻璃門，可以看見門外露臺的欄杆，和欄杆外面的落日。有時候，秋心是倚欄杆的，看日落嗎？她站着，一動也不動，她孤獨的影子也一動也不動了。

「我同意你的説法，」我就對姨丈説，「她需要一個男人。」像所有別的女人一樣。

「但為什麼是阿才呢？」他伸手摸一下自己光禿的頭頂，「他除了一身肌肉，一無是處。他們的性情更加格格不相入。她應該選擇一個比較沉靜的男人。」

「她哪裏找到一個這樣的男人呢？在她的世界中，她只有一個阿才，她不得不選擇他！」

「是的，你說得對！」他拍我一下肩膊，興奮的從椅上跳起來，「只有你們年青人才了解年青人。來！我們慢慢談！」他戴上帽子，穿上大衣，要我跟他一起走出他的辦公室。出門之前，他吩咐他的女秘書，取消了整天的約會。他有更重要的事情要辦，就是為了要跟我談談，談他們的家事。

我們在街上走着，一面走，一面談。熱鬧的大街，充滿了臉孔，忙碌的臉孔。我們似乎也忙碌了，他忙着講，我忙着聽，忙碌到沒有時間停下，在觀望冬日灰色的長天，兩幢大廈之間的長天，灰灰的，沒有白雲，沒有紅日。在街上，完全是一片陰暗了。地上沒有影子，我卻想起秋心的影子。

「你有點喜歡她嗎？」姨丈問。當他把我拉進了一家咖啡館。一坐下，他又問到她了。

「我不知道。」我真的不知道，秋心是一個霧一般的女人，霧一般難以捉摸。她一向是沉默寡言的。但有一次，我發現她在讀一本名著小說，一本我愛讀的書。我就跟她談那本書，故事的主題與情節，作者的思想和生平，和生平的時代。她滔滔不絕的向我講了。從那一次談話，我可能是喜歡她的。第二次我來，她又回復老樣子，老是愁眉不展，我又不大喜歡她了。

「她是喜歡的。」那只是他的猜想，沒有證明。秋心沒有對他說過，對誰她都不說心中的事情，甚至是自己的親生母親。他從什麼猜想呢？從她臉上偶然的微笑麼？當我走進屋子的時候。或是，當我要離開，她送我出門的神情？

哪一種神情呢？只有一次，我轉頭看她。我已經走下樓梯了。梯上的燈光和影子，告訴我，她還沒有掩上門。我就好奇的轉頭。果然，看見她站在門邊，一手放在門上，想關又不想關上門。她為什麼這樣望我呢？我正想不理會。繼續走下樓梯。但她的聲音吸住了我的腳步。

「梓表哥，你明天來麼？」她的聲音比她的臉孔美麗。臉孔背着燈光，使我看不見她說話的嘴唇。我也不去看她。她瘦削而病色的臉孔，實在不很美。向她點了頭，我就走下了樓梯。螺旋式的木樓，通到下面的花園和大門。我一轉彎，就看不見背後的梯級有燈光了，我知道她關上門了。

我記不起那天晚上以後的事情，我怎樣回家，是散步還是乘車。但我記得在第二天，結果沒有去看她。以後幾個月的時間，為了忙碌自己的事情，我都沒有抽出一個黃昏去看看她，和別的孩子們，和姨母姨丈。

「就是在這段時間，她愛上了阿才的。」姨丈說，「這也證明了我的話沒有錯：她喜歡你。」

「但她現在愛上了別人了。你就讓他們戀愛而結婚吧！」我不羨慕，也不嫉忌。

「你瘋了嗎？」他幾乎從椅上跳起來，「要我的女兒跟我的司機結婚？」

「不讓他們結合，就只有要他們分開。這樣拖下去，不是辦法。」

「我已經辭去了阿才了。他們分開，但仍舊不是辦法。她不是可以隨時去跟他會面嗎？在外邊，偷偷摸摸，可能弄到更壞的地步。秋心不是一個小孩子。她有手有腳，什麼地方都可以去，什麼事情都可以做。而且，在戀愛中的男女，偏是喪失了理智。這不是辦法！」他搖頭，彷彿嘆息，「你們年青人不知道，一時的情感用事，會弄出什麼後果，結果累了自己，也累了別人，尤其是父母。」

「你對我說，沒有一點用處的。」我提議，「你應該用這番話去勸勸秋心。」

「我們一向很少談話。」他們的感情是並不融洽的，「我勸她，不行！」

「那麼，姨母就應該跟她談談了。這類事情，女性是互相了解的。做母親的應該向女兒解釋，這樣的戀愛是不適宜的。」

「這還不是辦法！」他仍舊搖頭，「我跟你談了半天，你還不明白我的意思。」

我早就猜中一半了。他遞給我一支紙煙，自己也啣上一支，破例的為後輩的我打亮打火機。我們不約而同，從口中噴出了濃煙。當濃煙散開，他開始告訴我他的計劃了。

一個任務

他給了我一個任務：要我從阿才的懷抱中，搶奪了秋心。我聽了，驚奇無限。他解釋這是必要的。但我也了解，這類事情我不願做，也沒有能力做到，我沒有這種經驗，只有拒絕他。姨丈苦苦向我要求，告訴我，如果我不幫忙他，沒有人能夠幫忙他了。

以前，他也曾經幫忙我的，我忽然想起，在學校讀書的時候，有一個學期，我失去獎學金就付不起學費，他替我付。又在一個時期，我住在他的家，打擾了他兩個月的白天和晚上。後來，我離開了學校，他又替我找工作，雖然他找到了一份銀行的差使，我沒有去上班；他無論如何都是幫忙過我的。

這是第一次他要求我，我可以拒絕他嗎？拒絕的口氣漸漸緩和了，到最後，我答應他了。可是，我得聲明，我絕對沒有把握的。失敗一定多於成功。即使成功，我只能夠令她慢慢忘記了阿才，而去結識，去戀愛另一個男人。我們感情的極峰，只不過是好感與喜歡。我決不會愛上她。

「你怎知道呢？」姨丈立刻打斷我的話。

「我當然知道自己的事情。」沒有人比較他自己更了解自己的，盲目只是短暫的理智麻木。我清楚自己，回答他很堅決而肯定。看見他皺起眉，搖了頭，禿頭上的一點光也搖動一下了。暗黃色的燈光，是從牆上流瀉下來的。看見他不明白，我解釋，「我已經有了一位深交的女朋友了。」

「她是誰呢？」他更加不明白。從來他就沒有看見我跟一位小姐在一起。

「她在英國讀書。」我說，「我等她回來。再說，我跟秋心在很多方面都不很適合。但我現在答應了你這件事，我一定盡力去做。」

「你打算怎樣做呢？」他用沒有挾紙煙的手托起頭，留心在聽我的計劃。

「聖誕節快來了。我想，」想了一會，「像每年一樣，朋友們一定請我參加他們的晚會。我請秋心，這就開始了我們的接觸。」

一個晚會

她不懂跳舞，不喜交際，不愛熱鬧，加上近來不愉快的心境，請她參加一個晚會，就很困難了。我費盡了唇舌，想盡了辦法，才獲得她的答應。她的答應，真叫我高興了，就好像上帝答應人類，打發一個救世主到世上來那麼令人高興了。

一千九百六十年前的今夜，救世主誕生了。人們利用彩色燈光的窗櫥，教堂裏的聖詩旋律，風琴的餘韻，以及街頭重複的歌唱，我重溫很久很久以前，歷史和聖經啟示我們的記憶。我還不是一個有宗教信仰的人，不認識天主或上帝，我的心境也是沉重的。以一種莊嚴的情緒，我不覺想到一個偉大人物的誕生。耶穌！他的名字帶給我們良善，和平，博愛，自由，一種信仰……。

當我走近他們的家，我立刻不想耶穌，而想到另一些名字了。經過車房，我想到阿才，他現在怎樣呢？每天都想秋心麼？秋心今夜的打扮怎樣呢？姨丈告訴我，她以前不愛打扮的習慣，漸漸改變了。這是姨母帶她參加宴會，唯一的收穫。

天氣不太冷。她的打扮竟然不但適宜天氣，並且配合節日的裝飾，符合參加一個年青人晚會的需要。一面走下門前的石階，我一面欣賞她身上的一切：紫色的寬身短褸，紫色的長旗袍，淺紫色的圍巾和手套，襯托成一朵紫蘭花，一種冷凝而清逸的美。美中也有殘缺，像任何一種美一樣。那是她額上的蒼白，垂下的黑髮無法掩蓋。她的臉頰早就失去了玫瑰色，沒有擦上粉，瘦削的暗影是劃下了，襯上挺秀的鼻子，還不算太難看。如果她長胖一點，就完全不同了。

在車上，我注視她側臉上的鼻子。她一直沉默，不說一句話，像油畫中的人像，讓你隨便鑒賞。她的眼睛看着前面，坐在前面司機的肩膊。汽車是他們的。司機不是阿才了，最近才請來的。那是一個矮小的男人，身材跟阿才的絕對相反。姨丈僱用他，可能有用意的。

司機在我指定的地點停車。剛巧，停在一盞路燈前面。燈光落在她髮上，當我伸手扶她下車的時候。她抬起頭，抬起了微笑，燈光落在微笑上，落在薄薄的口紅上。她沒有微笑，不知道多少日子了。她幾乎是忘記了怎樣微笑的。嘴唇的張開，不自然的露出了上齒。她的牙齒很細小，像一顆顆小珍珠。

她如同一個守財奴似的，埋藏了所有的珍珠。緊閉上嘴唇，直到第二次微笑。那是當我把她介紹給主人認識的時候。主人是我的舊同學，一個好動活潑，家裏有錢，生活舒適的年青人。他第一次看見我跟秋心一起。她當然是最受歡迎的。他就放下了別的客人，陪我們坐在沙發上，熱烈的跟秋心談笑，雖然她簡短的回答，不大提起他的興趣。我就趁着他們談話的機會，專心看一眼廳子的裝飾。

我先看可以望見露臺的玻璃門。我這位可憐的朋友，在南方誕生和長大，一輩子沒有看見過雪。他在玻璃上塗上白色的點子，象徵那就是雪了。沒有雪不像聖誕。這是慶祝聖誕的晚會。晚會佈置得美麗。廳子掛滿了彩色的皺紙，一條紅色從北走到南，一條藍色走到西。皺紙上吊着一個個燈籠，燈籠裏面有電燈泡。燈光穿過彩色的燈籠，也是彩色的了。最多彩色的，還是吊在廳子中央的一束氣球。氣球吹得脹大，圓圓的，像小孩子的臉孔。

這裏也有很多真正的臉孔，男的，女的，都是很年青的人，很年青的臉。他們坐近聖誕樹。也許，這棵金字塔形的松樹吸引力太大吧！他們被吸住了。他們的笑聲像樹上彩帶和小燈，環繞着樹身。我站起來，走近聖誕樹，看見有一包包東西放在樹下的。那一定是主人的禮物。

有人叫我的名字。我轉頭。那是秋心柔弱的聲音。原來陪她一起的晚會主人，已經走開了。她要我走回去，跟她一起。我坐在她的旁邊，想跟她談什麼；但又談不出什麼，我們的周圍都很熱鬧。除了人的聲音，增加了音樂的聲音。電唱機重複 Jingle Bell Jingle Bell……增加了聖誕夜愉快的氣氛。不愉快的只有秋心一個人。

「你不高興跟我來？」我終於問。

「但我又不能推卻你不來！」她說，「近來，我什麼地方都不願去！」她嘆出一口氣。

「為什麼呢？」我想，姨丈憂慮她去外邊，去赴阿才的約會。現在不必憂慮了。

為什麼呢？她仍舊不告訴我。我想再次問她。她抬起頭，看沒有燈光的天花板，本來是白色的，變成一片暗色了。她一定幻想那就是天空，沒有星，沒有月，沒有一點光的天空。她的幻想在尋找一顆星麼？一顆零落的，孤獨的小星，在廣闊無涯的天空。

「有些人生下來是孤獨的，應該躲在家裏，一步也不該踏出門外，不到外邊去，不去接觸別人。這樣可以減少痛苦。在家裏，已經足夠令人痛苦了。」

「有時候，接觸別人可以使你忘記自己的痛苦。你看，他們多麼愉快！」他們開始跳舞了。女的衣裙隨着腳步舞動，舞動着在我們的眼前舞動過去；接着，另一雙影子迎上前來，影子落在我們的身上，又滑落了。

「來！」我站起來，拉她的手。「我們跳舞！」說着，我忘記了她是不懂的。

她仍舊坐着，搖頭。我只有重新坐下。

「我想走。」她就說，「你不必送我回去。」

「我怎能夠不送你回去？」我再次站起來。剛巧，主人走過來。我便連聲向他道歉。他不喜歡看見我們先走。但也帶着微笑送我們出門。

出了門的時間，夜還早，月亮正起了不很久的。我舉頭望月，也在找尋最亮的一顆星，那一顆曾經啟示三個博士的星。秋心也不覺抬起頭。我看她的眼睛，不知道她在找尋什麼。

「星很美！」她就說。

就是因為星很美，我提議散步送她回去。她點頭，不反對，這是一個難得機會，我可以一面走，一面跟她談。我先是跟她談聖誕節，我們走着的路，沒有教堂，沒有商店，使我們看不見，聽不見一點關於這個節日的粉飾和佈置。

「你還記得去年的聖誕節嗎？」我忽然問，提醒她的記憶，和談話的興趣。

「不！」她搖頭，「我記不起。過去的事情，不管幸福與不幸，想它有什麼好處呢？過去，就讓它過去了吧！」她用了拿手袋的手，用力擺一下手，表示真的讓它去了……戀愛過去了……阿才過去了……她不再想起他的闊肩膊，和身上的肌肉了……

「近來呢？」我又問，「你近來怎樣？我沒有問及你的近況很久了。」

「你也許已經知道了我的事，近來發生在家裏的？」那是她和阿才的事。

「我不知道。」我撒謊。姨丈不是告訴了我嗎？「但我近來時常想到你的。」我又撒謊，實在很少想到她。

「我跟阿才鬧戀愛。爸和媽都反對。他們就辭去了阿才，不許我去見他。」

「你真的愛他嗎？」我急切的問，走上一步，垂下頭，臉孔移近她的。

「那時候，我是真心愛他的。」她慢慢說下去，「他離開那天，我哭了一天，只是想着死。到後來，我漸漸回復理智，覺得不很愛他了。」她冷笑，「他不是世界上獨一無二的男人。」

「是的，還有很多很多的男人。」我就接着跟她討論一些男女之間的問題。

一些問題

我：也許，你並不愛他，只是在你的世界中，他是唯一的男人，你不能不選擇他。

她：一個女人就不能過沒有男人的生活嗎？

我：你以為怎樣呢？我個人就不贊成，女人不能不戀愛不結婚的。女人跟男人不同，她們往常是沒有事業寄托的。再說，由於心理上和生理上的關係，獨身是不健康。我們可以隨時看見，老處女在發奇怪的脾氣。

她：但找不到適當的對象，也不能不獨身的。

我：適當的對象總是有的。你得明白，適當只是個性上和生活習慣上，雙方都可以遷就以致融和。並不是說，適當就是十全十美。如果，你要找尋一個十全十美的人，你一定失敗的。但是，如果你去找尋一個跟你同樣充滿殘缺的人，你一定可以找到的。

她：我是找到了。我不是要求他是十全十美的，他也是一個像我一般充滿殘缺的人。為什麼他們不容許我呢？

我：他們也有他們的苦衷。他們認為：他跟你是不相同的。他不能夠屬於你，正如你不能夠屬於他一樣。婚姻的制度不能建立在階級與學問太殊懸之上的。

她：我不同意。說：竹門對竹門，木門對木門，這些論調不是太陳舊，太不合時代嗎？

我：論調和所有別的東西一樣，舊的不一定是壞。反過來說，新的不一定是好的。當新的未能代替舊的，舊的仍舊存在。

她：愛情也是這樣的麼？

我：是的。一個舊俄作家曾經舉一個這樣的例子：愛情如槲樹的葉子，新的葉子還沒有萌長，舊的仍舊貼在枝上，不會脱落的，你自己想一想吧！你不會忘記了他，除非你想到了另一個男人。

她：也許，我真的想到另一個男人了。

我：他是誰呢？

她：我不告訴你。這些事情是不告訴人的。

一個秘密

不管你是母親或父親，她也不告訴你的，這是她心中的秘密。但姨丈和姨母已經滿足了，看見她一天比一天愉快，不再愁雲滿面了。他們以為事情就這樣，風平浪靜的過去。一見了我，姨母就張唇微笑，姨丈一面拍我的肩膊，一面在我耳邊低聲稱讚。

哪有什麼值得稱讚呢？這不是一件光榮的事。雖然，這也不是一種恥辱，無論如何，我是不高興做的。事情已經開始了，實在是不得已。怎能夠拒絕姨丈呢？他對這件事的看法，不像我，我早就知道不會有好結果了。到最後，秋心一定憎恨我的。愛愈深，恨也愈深。她是愛我了嗎？我不知道。我只是了解，感情是隨着時間培養的。如果我不及早收手，後果將會更壞了。

我打算在不久的將來，找一個適當的時間與空間，把一切都告訴她，從頭至尾，並且解釋我從來不愛她，和不愛她的原因。這些事情，她必須知道的。我告訴她，可能是一種突然的打擊。當她的情緒振作了，健康復元了，她就可以承受這個打擊了。

但怎樣告訴她呢？

有一次，我想着開口了。那是一個黃昏，她上教堂去了。我跟她約好了，在教堂門前等她出來的。那天的天色不美麗，烏雲密佈，看去要下雨了。我就帶了雨傘出門。我喜歡擺着雨傘走路的，即使沒有雨下。

而雨竟然落下。天空的烏雲沒有錯誤，它們的警告比天文臺的預測更準確。那是微細的雨粉，只有在初春才落這樣的雨。這樣的雨是最受歡迎的。樹木輕輕搖擺身子，在表演最近穿上的春裝。小草在點頭，點着嫩綠的頭，頭上晶瑩的點點，像黎明的露珠，也像失戀少女臉上的淚。

我想到秋心的臉上了，當我把一切都告訴她，臉上有淚麼？

她現在的臉上只有微笑，微笑看見我來。我打着雨傘向她走來。她已經站在教堂的拱門下，避着雨等我來了，在約定較早的時間，她從教堂裏面走了出來。她一定是最早出來的，我仍舊聽見裏面的風琴旋律，和聖詩班的歌唱。

「我們可以走了麼？」我望進教堂裏面，琴聲和歌聲裏面，彌撒還沒有完結。那是薄暮彌撒，在主日的黃昏舉行的，為了遲起的或早上忙碌的教友。

她沒有等到彌撒完結，就走出來了。不說一句話，她連忙跳進我的雨傘下。雨不大，微弱的雨點在雨傘上，低吟微弱的一曲歌，陪伴我們踐着雨濕街道的足音。兩種音樂合奏，奏出一種新的旋律。我愛聽。聽着，我不想說話，彷彿任何一些別的聲音，都可能破壞這種新的旋律。

我們就沉默着走下教堂前面的斜坡。從斜坡的高處，可以看見遠方的雨景，一片朦朧，朦朧的海，朦朧的對海的山。走下了，就看不見海和山了。我轉頭看身旁的她，我發現她的臉孔發胖了，臉色比較好看了。她不知道我在看她，她在看雨。

「這些雨要落很久的。」她說，「幸而你有帶雨傘來。如果不是，就糟了。我將怎樣呢？」

「你可以打電話回家，或是，叫一部街車回去。」

「我不高興這樣。還是你來了好。」她想了一會，「我想起以前，要不是你來，帶我到外邊去玩玩，散散心；我就不知道怎樣打發日子。」

「沒有我，反正是一樣，」我對她說，「想一想，在我沒有常來看你之前，你不是一樣嗎？」

「不，不一樣的。」說着，她淘氣的伸出手，伸到雨傘外面，讓涼冷的雨水滴到手掌上。然後，聳一聳肩膊，縮回了手。

「秋心，你留心聽我講！」我的心情不如她的輕鬆，我感到很沉重，「我想對你講一件事！」

「對我講什麼事呢？」她立刻抬起臉孔，臉上充滿愉快。她一定想着，我想講的事是非常快樂的。「是關於我和你的麼？」

「是關於我和你的。」

「那是什麼事呢？」她看見我的臉色，愉快的情緒就消失了。

「我不知道怎樣講。但我知道你聽了一定不高興的。」

「不要緊，」她安慰我。「講吧！」她要求我。

可是，我講來講去，也不能將心中的話講出來。還是等着吧！我告訴自己，時間還多着呢！

一個晚上

還有很多個黃昏，和黃昏以後的晚上。就選擇一個晚上，告訴她吧！可以選一個圓月的晚上，一面和她一起看月，一面用溫和的聲音告訴她。她聽了，將怎樣呢？我想，看着抬起的側臉，鼻子的尖端有月光，一點微弱的光。光在移動，她轉頭看我。我掉過頭來，去看海面上的月光。

月光在一閃，一亮，閃閃亮亮的，都是銀白的光輝。光輝在流動，像一條小河；月光的河水似乎流經我們的身上，一直流到永恆。什麼是永恆的的呢？我想到生命，想到愛情。但這不是愛情。我和她的情感，決不是愛情。

「這不是愛情！」我不覺低聲說了出來。

「你說什麼？」她望着我。

「我是說，我們的感情不能算是愛情。」我從來沒有親吻她，更沒有撫愛她。

「誰知道？」她轉過頭，不望我，只望海水和月光，「說不定，我們將來發生愛情呢？」

「不，我相信這是不可能的。」我確實知道不可能。到了這個時候，我不該再騙她了。

她聽着，垂下頭來，低頭看岸邊的浪花，微白的浪花。我想，她是失望了。

「來！」我的手放在她的肩膊上，「我們慢慢走，慢慢談。」

我們就離開海邊，和海邊的浪花，把海面的月光遺忘在身後了。迎面吹來一陣風，一陣暮春的微風；風裏有濕氣，一種海水似的潮濕，是霧嗎？我伸手感覺不到霧。這裏只有風，風吹拂她旗袍的衣腳，和我胸前的領帶。這是一片空地，風就多了。

這一片空地，暫時用來作停車場的，停放了很多部汽車。高高站在空地旁邊的霧燈，冷冷清清的照着那些機器，汽車上就有一點一滴的光了。我看着光，想着怎樣告訴身旁的秋心。開始對她講這件事，比較開始一篇小說更困難的。

「你還是講吧！」她催促我。

我想以敘述的方式對她講：從姨丈打電話約我到他的辦公室那天，一直講到今夜。但我又想到另一種方式，一種說理的方式，給她解釋個性和心理的形成，感情的發展，戀愛雙方配合的條件和因素……我正在想，不覺站住不走前一步，站在一輛藍色的汽車前面。車頭兩盞不亮的燈，像盲人的眼睛，注視着我。

忽然，在車後閃出了一個男人，一條高大的影子，身穿灰色羊毛衫，灰色窄長褲，就變成一條灰色的影子了。他向我們走來，走不上幾步，他的粗眉扁鼻闊嘴巴，使我立刻認出他是誰了。

「阿才！」我說。

他沒有跟我打招呼，頭也不點，甚至瞧也不瞧我一眼。他只是看着秋心，睜大了眼睛。他向她走過去。

「你沒有良心，害得我好慘！」他帶着痛苦和憤怒，責備她。

秋心連忙退縮，害怕的躲在我的身後。恐怕他不懷好意，我伸手擋住他的肩膊，阻止他前進。他的闊肩膊搖一搖，就搖開我的手了。他臉上的猙獰，已經像一頭野獸那麼凶惡。不由分說，一拳打到我胸膛；我倒在車子旁邊，腦袋有點昏暈了，朦朧中，看見他拉她的手，強迫她跟他走。我勉強站起來。還沒有站定，我的下巴又中了一拳。這次我倒地上，不知道是倒在什麼地方了。

一個又一個的故事

是一個警察弄醒我的。他手中的電筒，像一頭巨獸的眼睛，瞪着我。我伸手掩上了燈光，慢慢站起來。他扶着我，要我上警署，勸我去報案，這對我對他都有好處。

但我不願去，說我不想找麻煩。其實，這並不是我不願去的原因。這件事的引起和發展，是比謀殺和打劫更複雜的，相信他們聽來不了解。我也不必浪費他們和我的時間了。

秋心怎樣呢？阿才把她拉扯到哪裏去了呢？我不必理會了。還是先理會自己吧！

我決定在今夜裏了結了這件事。

第一件事：我匆忙叫了一部街車，載我負傷的身體回家。

第二件事：我寫了一封信給秋心，用最簡單而重要的話，向她解釋一切。

第三件事：我出門寄信之前，打一電話給姨丈，雖然已經是深夜，電話吵醒他了，我也要告訴他，我決定不幹了，不管他怎樣想。

這三件事我都做了。但我仍舊不放心，想着發生在後來的事：秋心和阿才現在做着什麼呢？她還沒有回家。他會放過她麼？她還愛他麼？如果她愛他，姨母和姨丈怎辦呢？如果她不愛他，他怎樣對付她呢？……

一連串的問題使我無法入睡。可是，我又想到，發生在後來的事，該是屬於另一個故事了。本來，人生就是故事的連續，一個又一個故事。我們講故事的人能夠講述多少？

小丑樂師的情淚

這是國際性的小丑樂隊，不過由四人組成：

我們先看見坐在左邊鋼琴上的奧國人。他戴上假髮，長得像貝多芬的，上身穿晚禮服裝成十九世紀的宮廷樂師，下身卻穿着一條紅斑斑的短褲，白色長襪。他一出場，還未鞠躬就每個人都笑。他在射燈裏一揚手，介紹觀眾樂隊裏其他隊員。

坐在右邊鼓前的是非洲人，上身赤裸着跟琴師正好相反，頭頂不戴假髮或帽子，就讓它光禿着，如一座山的極峰。他臉龐最顯著的地方是那兩片太厚的唇。見了在座觀眾，他便裂開嘴笑，像一頭要吞食你的黑豹似的。他也許知道自己醜怪，縮着頭，舉起一隻張大的手掌掩蓋燈光，伸一伸紅舌，眼睛向旁斜視。

燈光落在站着中央的喇叭手。他是一個高而瘦的蘇格蘭人，鼻子像鷹一樣。他打扮如孩子的玩具的小兵丁。手中的喇叭也是孩子的玩具。他吹響，聳肩、把嘴唇拉長作一個傻笑。

最後出現的是一個中國人，可能是為提起外國人興趣，他身穿一套長衫馬褂，畫着鬍鬚，戴上眼鏡，把鼻子染成紅色。燈光照射他時，正在捲起衣袖，那太長，而長衫的衣腳也幾乎掃地，然後他拿起自己的樂器，觀眾奇怪那不是二胡而是來自外國的小提琴。

在掌聲裏他走近米高峰，用純正廣東話説：「各位早晨！」引人發笑，因為時間明明是晚上：「今日細佬初到貴境……」

這以前是馬尼剌，以前是開羅，再以前是歐洲各大都市的夜總會。他們在圓圓的地球上滾來滾去，沒有一個家，沒有一寸土地讓他們安頓下來，儘管在旅途上遇着不少女人，仍舊是流浪的藝人。

中國人沒有説錯，的確，這小丑樂隊首次到東方來，而且是他的主意。其他三人是不太贊同的，因為對方提出的條件太差，不但包賬的價錢低，同時夜總會有權把三星期的排期縮為一星期，假如他們不叫座，因為香港人的眼睛只愛艷舞。他們終於依從他到來，由於這些歲月他們共安樂共患難已經親切如手足，意見無謂相左。

如今他們開始表演了：

最先是琴師動手，在鍵子上奏響一陣音樂，但不久聲音就走了樣。鋼琴壞了，琴蓋像輪船的煙囪冒着煙。貝多芬苦惱地皺皺眉，無助地聳聳肩。三人走過來。怎辦呢？打電話到消防局，還是從洗手間用水桶載水來淋滅它。沒有這樣做。他們圍站着伸長脖子，合力一吹，吹着，煙竟然熄滅了。

他們感到高興，裂着嘴，回到自己的位置。再來一次，這次鋼琴不壞，但破壞旋律的是那個喇叭手，他吹弄的音響總是跟別的聲音不諧和。時而夾雜着他吹着拖長的「叭」一聲。他們就停下，用責備的目光望他。像小女孩子他含羞垂下臉來。

而最醜怪的臉自然是非洲人，他拍着鼓，嘴唇不斷呶着。那多麼嚇人的唇啊！夾在中間的牙齒因他的膚色顯得更白。他拍着鼓，身體忽然發癢，只有一手搔癢，另一手擊拍。鼓聲就低沉了。

因此小提琴的音樂變得尖銳。紅鼻子的中國人拼命拉着弓，突然一絲琴弦「卜」一聲斷了。他搖頭，繼續彈奏。那個特製的小提琴，不一會另一絲又斷去，然後琴上只留下一絲弦。但他仍舊能夠奏完一曲歌。這是小丑的造詣。

並且最後一個節目是他的獨奏，是一曲華爾滋旋律，他一面拉着琴一面拖着笨重的長衫繞着舞池舞動，身子瘋狂似的左右搖晃，他甚至邀請坐在舞池邊沿的女賓起舞。可惜她們畏怯地搖頭。他動作古怪，賣力，在舞擺中連帽子也掉落了。奏完一曲他一旋轉身子失去重心而坐下來，正坐着自己的帽子，拿起來看，它被壓得平扁了。

無奈笑聲不多，反應冷淡，在疏落的掌聲裏他們一鞠躬，燈光熄滅，音樂臺旋轉往後面去，前面的是代替他們的樂隊，高奏輕鬆而令人興奮的爵士音樂。樂隊都是年青的臉，不像小丑的龍鍾；衣飾鮮明，不像小丑古怪；樂器擦得光亮，不像小丑的生銹。夜總會隨即瀰漫着一種殊異的氣氛。

有人舉杯，僕歐斟酒。有人微笑，笑容掛在杯緣，淺若杯面被呵氣吹皺的漣漪。有人在耳邊低語，引起一聲淫笑。有人起舞，相擁轉動着，如從天花板吊下來的水晶球，細碎的光粒旋閃，眩目而淒幻。那四個小丑就被人們遺忘在狹小的化妝間裏。

那本來只是足兩人用的。牆上鏡前的梳妝長枱只有兩張椅子，而是通常不過一人。如今四個就太擠了。中國人洗去鼻子尖頂的胭脂，就老實不客氣坐在椅上。旁邊的是貝多芬，他動手脱去頭上的假髮，露出半禿的頭頂。非洲土人站着穿上一件白襯衣。喇叭手也站着，他一面解開金色的銅鈕，一面笑着望進鏡子。

他問中國人：「陳，你不跟我們返回酒店？」説的是英語，這是他們唯一交談的語言。

陳用奇異的目光轉頭看他：「夜還早呢！你不知道香港的夜景是世界著名的。」

「你不跟我們一起。」貝多芬插嘴。

「你怎知道？」陳問。

非洲人代他回答：「看你匆忙換衣服，一定趕着要到什麼地方。」

「不是趕着。」但陳已經穿回日常的衣服了：一套式樣因領子太尖、腰圍太闊而不再流行的灰色西裝。怕冬夜的風冷，他還披上一件更深灰色的大衣。

不明白陳為何選擇如許深沉的色澤。如果以顏色比喻人的年紀，他不過三十多歲，雖然失去了青春的鮮艷，但仍未塗上一片灰暗。陳看一眼鏡中的自己，卻看見一個超過四十歲的人。沒有笑容。小丑是不笑的。他只知道誘別人發笑，而別人不能引他笑。他甚至苦惱地皺起眉，無端搖首，不對他兄弟似的同伴説一句話就撥轉身走了。

在桌子旁邊窄狹的通道他走過。沒有人看他一眼，誰注意他，誰認識他，沒有人知道這就是剛才穿長衫馬掛拉小提琴的小丑。我是無名小卒，海灘上的沙粒，空氣中的塵埃……奇怪的是我早年希望自己成為天空的明星，讓卑微的人類瞻仰、崇拜。

啊！那些星！那麼多的星：陳步出夜總會，仰首望對面大廈屋頂的長空。今夜無月，風吹來寒意。香港的天氣難測如一個女人的心。陳走着想起上岸第一天酷熱似夏日，今夜溫度下降。街上因此行人疏落，他遇着的是外國人。

尖沙咀如今成為遊客區了，回憶十年前這裏不過是高尚住宅和一些零售洋貨的商店。沒有這些大厦，陳再次抬起臉看最高的窗子，燈不亮，窗眼是盲人的瞳孔。可是那排樹仍舊站着，他踏着樹影，旁邊的兵房還未搬走，在旅遊中心多麼煞風景呢！

酒店林立，最舊的當然是「半島」，記得以前裏面連冷氣也沒有安裝，他在門邊走過，一種不自覺的力量使他停步，望一眼裏面的燈光，一輛汽車在他腳邊駛過而停下。門拉開，走下車來的紳士淑女笑着，提醒他只是娛樂他們而自己不屬於他們的世界。

接着聽見火車站鐘樓的聲響：凌晨一點鐘。為什麼不把鐘樓拆卸，鐘聲的響聲都舊了。隔鄰渡海小輪碼頭不是十年前的。但海是，對海的山也是。他坐在船欄的眼中有著名的夜色，跟回憶中比較多了一些燈，因為房子是增加了。

那時沒有「文華酒店」，「香港希爾頓」不過是一塊爛地球場。「太子行」是新的，「於仁大廈」也是。還有新的「皇后」和「娛樂戲院」。香港是變了，香港是易變的城市，香港人是易變的人。我在這裏出生，長大，而不在這裏成熟。香港的天氣不能成熟一個人。

陳再走過去。那排原來的舊樓只餘幾間，像古玩似的點綴這個現代化的城市，他身上表演時的長衫馬褂不時髦。夾在舊樓之間的石板街還在。那多好！我以為它改建平坦斜路了。陳走上，一級級，一步步。

橫在石板街的第一條是「士丹利街」，他繼續走，到第二街「威靈頓街」他轉往右手邊走下去。那一條狹窄、骯髒、吵鬧但對他來說是全香港最可愛的橫街，因為薇曾經居住過。她嫁了人，不再在那裏了。她的媽和弟弟可能仍在。而他們都不認識我了。歲月在我的臉上化了妝，不像表演的塗着鼻上的胭脂一洗就去。他慢慢走下來，經過一間屋、一家鋪……

不。那幢三層舊樓不在了。左邊的和右鄰也改建。如今變為一幢五層的新樓，樓下和二樓是一間麻雀館，裏面連冷氣設備也周全。門關着，層音在每次門被推開時衝出，打破夜之沉寂。十年前這時刻全沒有聲音，除了他敏感地彷彿聽見薇睡着平勻的呼息。他舉頭看二樓的燈光，那裏應該有一個小騎樓，每個黃昏薇伏在欄杆下等他來。

是的，他看見薇了，站在街上也可以看到她唇邊的小黑痣，逗人吻的小黑痣。他當然同樣看見因他出現而在臉上泛起輕若水紋的淺笑。她一旋身，不及半分鐘他聽着樓梯間匆忙的腳步走下。一個未足二十歲的少女笑着向他走來。

他們是一個派對裏認識。陳是樂隊裏的一員。薇初次參與這種場合，畏怯地接受男孩子的邀請而起舞，每一步都垂下頭看自己腳尖的怪樣子早就引起他的注意。後來不知誰惡作劇要薇走上臨時樂壇高歌一曲，是當時流行的。Via Con Dios。薇的嗓子不壞，可惜有點怯場，呼吸不自如。一曲過後，掌聲響透了，他竟毫不客氣地批評她。

「你只是拉小提琴的。」薇看着他的樂器，意思是除此你懂得什麼。

「我也懂一點歌唱。」他說：「很抱歉你不贊同我的意見。」凝神注視：「可是你的臉龐實在比聲音美得多啊！」

陳舉起手，放在前額，閉上眼睛，在記憶裏追尋昔日薇的臉孔。不錯，秀英的輪廓仍在，永遠存在，他多麼希望一張開眼睛就回復十年前，像首次拜訪。

薇的家只有一個母親和兩個弟弟。媽是一個寡婦，頭腦守舊的女人，但很客氣：「陳先生，請坐。」說着親自搬來一張木椅，他立刻過去接着椅放下，坐着，還未坐好，她手捧着茶杯端上來。

「你坐一會。這裏地方小。」她自己也坐下。

其實，全屋只有四人，地方就不算太小了。用木板間成一個房和廳。向小騎樓的兩扇門開着，光線和空氣都充足。陳記得那天是夏日，而不用開動風扇。清風徐來。

「薇還未下課。」說着她望一眼牆上的舊鐘：「但快回來了。」

「不打緊，我可以等，」他說。

「你們認識很久？」她以母親的資格查問。

「我們見過面，通過信。」

「也通過電話。」好像要說下去：你們以為我不知道？「原則上我是不反對薇結交男朋友的。可是這個社會壞人太多，她又是那麼年幼無知，使我擔憂，因此鼓勵她帶她的朋友來。」

陳心想：我不算太壞吧，但關懷的是薇，為什麼還未回來？再看一眼牆上的舊鐘，目光移過去停在旁邊的照片上。薇在笑，更年輕的笑，她留着兩條辮子，穿着小學校服，光滑的前額，烏亮的眼珠和那顆小痣是永恆的，從照片到那天直到現在……他凝望着聽不清楚薇的媽對他說什麼。

「我是問：你在哪裏讀書？」

「離開學校很久了。」他家庭經濟情況不理想，而他自己對書本全無興趣。

「那麼年輕就不讀書？」

他點頭。後來薇告訴他媽不高興別人不上學。

又問：「你在哪裏辦事？」

「沒有固定，只是在夜總會玩音樂。」陳的樂隊本來是業餘的，可是自從參加一次競賽獲選了冠軍，就被一家夜總會羅致而職業化。

他記得比賽的地點是在一個籃球場，那時沒有「大會堂」，沒有太多的樂隊，幾個學生也組織一隊。但年輕人正萌長音樂的興趣。捧場的全是未足二十歲的人。

那些臉孔洋溢着如一片大海。很多戴眼鏡的反影着燈光，是海面陽光的閃爍。他首次站在臺上面對着太多臉孔，其中一張是薇的。他拉着琴，眼睛在找尋她。可惜他不能隨意擺轉臉，在視線的範圍看不見她，但肯定她今天一定來。這增加了表演的自信。他們奏着的不是當時流行的調子，而是一曲傳統的華爾滋，只是加速旋律，節奏顯得輕快，不但投合年輕觀眾的口味，而且贏到評判員的好感。

一曲過後，掌聲震動球場的棚蓋。一些女孩子竟忘記了矜持比男孩子更衝動，走上音樂臺。一陣騷動中，他發覺自己的頰上被兩瓣唇吻着。看清楚，是一張有一顆星粒似的發光的黑痣的臉。啊！是薇！她突然醒覺，領悟一時衝動，呆站在他跟前。一分鐘的時間他們的眼睛相對，看着她臉頰泛紅而低垂正要走開。他一手留住她。那夜他們正式親吻，當他送薇回家，在她黑暗的樓梯間。

然後陳隨樂隊到夜總會演奏。

「媽不喜歡你的工作。」薇說。

「職業無分貴賤。」他解釋。

「不是這個問題。她認為音樂仔不可靠。」

陳失笑：「你也認為我不可靠。」

薇以行為回答，更摟緊他的胳臂，那條拉動最動人音樂的手。

「你知道我也不滿足這份職業，不是待遇差，而是不符合我理想。」

「你要做一個真真正正的小提琴家。」

「不再娛樂那些外表紳士淑女內在膚淺庸俗的人們。」他激動地擺一下手。

他們接着走一段沉默的路，在夜色與樹蔭交織中，最濃處，如他們的愛情。風裏，一片葉偶然落在她髮上，他替她拾起拋開，目光望向前面到一串路燈的盡頭，彷彿他的理想就在那裏。

薇勸他：「媽常説做人不要心頭太高，只要安安份份過一世。你可以離開那複雜的環境，到學校教音樂。」説着她舉頭看陳沉思的側臉。

「又是媽的意思？」他問。

「她是一個上了年紀的人，決不會想出壞主意。她只為我們的前途設想。」

他想說：她懂得什麼？

而他們交談的時間是短促的。一天裏，早上他要睡，下午她上學，晚上輪到他工作。共同的時刻就只有黃昏後。

薇送他到夜總會門前，一反男女交遊男送女的習慣，為了爭取多十多分鐘的時間。陳放開她的手，互相注視一會代替了用語言話別以及約好下次見面。他一轉身，匆忙推開門進去，知道薇仍站在門外凝視着裏面是她從未進來的地方。

我為何離開這個出生和長大的城市？是的，理想，小提琴家。但如今我只成為一個小丑？陳仰臉狂笑。幸而睡夢中沒有人醒來探頭看他。星照着。是十年前的星，他和薇一起細數過的星，也是每夜陪伴他回家的星。

應該回去了，他走下那條人家稱它雀仔街的閣鱗街，一條斜路，路旁有一些小販的檔口像十年前一樣，如今每檔都用鐵板嚴封着，裏面可能有人睡。他走下了斜路，對面的中央市場仍在，但聽不見傳出木屐的聲響，人們睡了，像吊起的死豬。

中央市場對面是消防局。對面是統一碼頭，聽說它要改建了。陳向着海旁的欄杆走着，看水面的月色點點如銀。對海的燈光仍亮，他從記憶裏仍可以憑燈光辨認他走過也曾經跟薇一起走過的街道。

他突然有所悟而站着，背着郵政局，面對着海，月光停在一艘停着的船上。燈光落在海裏，一個人的淚也掉落。不是一艘如許的船帶他到老遠的歐洲？腳下海浪拍着單調的音響，他聽着猶似十年前的聲音。

薇哭着：「你真的要走？」

「這是一個難得的機會不容錯過，你了解。」

一夜，一位闊綽的遊客是他們夜總會的座上客，非常賞識他小提琴的造詣，請他同座，聽了他的敘述同情他的遭遇，毫無條件答應資助他往歐洲深造。

「啊！羅馬！巴黎！維也納！那些都是音樂的城。」

「你一去就不回來了。」

「三年後我回來。你相信我。」

但薇並不盡信：「假如你不回來呢？」

「那麼！」他垂首看她紅腫的眼睛：「我就接你往那邊去。那時我一定賺到錢。」

「我等你。」她說着把臉頰貼在他胸前，使他的襯衣濕透了，淚如雨。

正因為如此，流過了就不再流。不能夠永遠都是雨日。有時人的感情變幻無窮像香港的天氣。

他們最先每天寫一封信，然後每星期一封，最後每月一封。他文字間表達音樂性的熱情仍在，但薇的冷卻了，如離別之夜她頰上風中的淚痕。中國人身在異地的他最寂寞，唯一安慰是自己的琴韻與她的來信。

不及半年薇寫着說：「我擴大生活範圍，認識新朋友，其中一人媽喜歡他。你呢？南歐的少女長得健康美麗，一定把你迷着。」

而這不是事實。他避免接觸她們，不參加任何聚會和活動，只是孤獨地生活着，拉着小提琴。對薇他有最深的懷念，正如對愛他有最高的奉獻一樣。

可惜的是她信中語調漸漸變化了，受香港的天氣影響：「真奇怪，我想你不像以前。如果你愛我就得及早回來。」及早？這是什麼意思？

又寫着：「我不能等。媽說女人很易老。」

接連是一段只有他的但沒有她的信的日子。

回音終於傳到他耳朵：「我嫁了人，是媽的主意。」

他們的愛情就此完結，像一曲歌彈到最後一個音符的結束。

從此他對人生失去信念，他開始酗酒，一次醉後在羅馬的街頭狂歌，把手中的提琴向燈柱擊碎。再無心致力於音樂，那個曾經賞識他天才的白髮老師搖搖頭。不久贊助人取消他的生活津貼，他得自立謀生。他幹過各種零碎低微的職業，到最後參加了小丑樂隊。

他們全是失意人，可見關於感情之事無分國籍與年紀。他們等我回來了，陳想着移動腳步，兩條軌道都空着，但閃着光。經過木球場從鐵欄望進去，草地也空着，月光下他仍看見黃色一片。

對面正是他們下榻的「希爾頓酒店」。他走過馬路。一個身穿黑色大衣的女人站在那裏像等他。

她見了他走上前：「你到底回來了。」

「小姐，你？你是……」陳走近，就看出那顆她唇邊的小痣。歲月的風不能把它吹去。

「我一眼就看出是你。」時間卻使她的聲音再不嬌滴而低沉了：「雖然頭上長出了白髮，額上增加了皺紋。」

「你的輪廓也沒有改變。」他看見薇的髮式向後梳髻子很保守。

「我剛才在夜總會看過你的表演。」她說。

「你怎知道是我？」他驚奇。

「你不相信我認出你？」重逢時情人的眼睛是特別銳利的，儘管他粉墨登場：「你不知道他們笑時我在哭。」語氣充滿傷感的情緒。

陳記憶她的淚，十年前的臉影與眼前的形象重疊，幻化。「我們都跟以前不同了。」

「你怎麼會做小丑？」薇問。

「說來話長，」看她，「你有時間？」

「他們說你們不見客，我已經等你很久了。正想回家，想不到遇見你。」

「我們談一會。」

陳帶她走到酒店地下的咖啡座，那裏營業到通宵達旦。如今他們推門進來，看見這擠迫的地方，幾乎沒有空間容納兩個人。燈光非常明亮，沒有播放音樂，空氣中全無情調，沿牆是一排長長的沙發，前面的茶几太大，以致通道狹窄，剛巧牆角的一雙外籍男女付了帳，他們就走過走去佔了那座位。

他向身旁的僕歐說：「咖啡。」問她：「你呢？」

「也是。」薇合上沒有菜式的餐牌。

「你以前是不飲咖啡的。」他記得薇說過飲了會嘔。

「以前我也不飲酒。」她說，看端上的咖啡。

「我戒了酒，否則沒有人肯聘請我。」

「你為什麼不做別的工作？」

「我仍愛我的小提琴。」是一個愛得固執的人。

「你可以參加香港夜總會或舞廳的樂隊。」薇提議。

「不希望永遠留在這個城市呢！」

「因為？」

「我在這裏愛過。」說着他的手顫抖着微舉！要放在桌上薇的手背，可惜沒有勇氣又縮回。

「那是過去了，你不該為此難過。」薇勸他，使他時想起以前怎樣勸他不要抽煙，早睡。

他冷笑，聲音尖銳，引起其他茶客的注意。他們大多數是酒店的住客，望他的是棕色藍色和黑色的眼珠。

靜下時他聽到薇問：「你仍舊恨我？」

「我只是羨慕那個幸福的男人。」又說：「他是一個怎樣的人。」

「一個普通的男人，我不知道怎麼說。」
「一定不是玩音樂的？」他皺眉。
「他是一個商人。」她回答。
「可靠？」他明白這是她們母女選擇的條件。
「他有點錢。」
陳抬起臉要在燈光下看清楚薇。那張臉上歲月在眼尾和前額都劃入絲絲的皺紋，由於皮膚白皙它看來明顯。算起來薇比他年輕而未滿三十歲，但眼中的人和他一樣三十多歲了。
他看出：「你不很愉快？」
薇沉默着拿起杯子，深深飲一口咖啡，淹沒她的心事。
他改變話題：「有很多個孩子。」
「四個。最長的小學快畢業了。」
「是一個男孩子？」他看見她點頭：「有女兒嗎？」
「兩個。」
「長得像你？」他想着那顆小黑痣遺留到下一代。
「不。完全不像，」使他的想像失落：「她們太胖了。」
「我沒有機會見到她們！」
「何時再來香港？」她不再像十年前問他何時回來。

「說不定。也許永不再來了。」

他們走出咖啡座，站在路旁未進去時站過的路旁，不交談。但交換了幾次只有他們才了解的注視，像在問：就在此分手？

一部兜生意的空汽車駛過來在他們腳邊停下。薇上車，並沒有請他送回家。可是車駛離時她頻頻伸出臉轉過來，看他孤獨站在風裏的姿影。

回到酒店。與他同房的叭喇手仍未睡，他看他一眼，兩人不說一句話。他和衣躺在牀上，閉上眼睛就看見：薇——小黑痣——小提琴——那類東西。又想到明天仍舊要表演，逗別人笑，同時自己忍着不流淚；明天薇不會再來了，為何今天見他？明天仍舊要起牀，要生活。啊！太多明天！再遠一些是往別處去表演，最後返回歐洲，但他知道無論到地球的任何一個角落，而香港的哀愁還是追隨着他……

本創文學 114

一個又一個的故事——梓人小說選二集

作　　者：梓人
編　　者：黎漢傑　葉嘉詠
責任編輯：黎漢傑
設計排版：D. L.
法律顧問：陳煦堂　律師

出　　版：初文出版社有限公司
電郵：manuscriptpublish@gmail.com

印　　刷：陽光印刷製本廠

發　　行：香港聯合書刊物流有限公司
香港新界荃灣德士古道 220-248 號
荃灣工業中心 16 樓
電話 (852) 2150-2100 傳真 (852) 2407-3062

海外總經銷：貿騰發賣股份有限公司
電話：886-2-82275988 傳真：886-2-82275989
網址：www.namode.com

版　　次：2025 年 4 月初版
國際書號：978-988-71097-3-0
定　　價：港幣 78 元　新臺幣 280 元

Published and printed in Hong Kong

香港印刷及出版